公開処刑人　森のくまさん

堀内公太郎

宝島社
文庫

宝島社

公開処刑人　森のくまさん

森のくまさん

作詞：馬場祥弘
アメリカ民謡

ある日　森の中　くまさんに　出会った
花咲く　森の道　くまさんに　出会った

くまさんの　言うことにゃ　お嬢さん　お逃げなさい
スタコラ　サッサッサのサ　スタコラ　サッサッサのサ

ところが　くまさんが　あとから　ついてくる
トコトコ　トッコトッコト　トコトコ　トッコトッコト

お嬢さん　お待ちなさい　ちょっと　落し物
白い　貝がらの　小さな　イヤリング

あら　くまさん　ありがとう　お礼に　うたいましょう
ラララ　ラララララ　ラララ　ラララララ

プロローグ

「ある日」

軽快な調子だった。

「森の中」

明るい声だ。

「くまさんに」

楽しげである。

「出会った」

さらに声のトーンが上がる。

「花咲く森の道ぃ、くまさんにぃ、出会ったぁ」

ウキウキしている様子が目に浮かんだ。しかし、その軽い感じがかえって怖かった。

目が見えず口が利けない。体の自由も利かない。さらに服をすべて脱がされている。

裸だと、これほど不安になることを男は初めて知った。背中を一筋の汗がつたう。

「ところが」

声がいきなり耳元で聞こえた。驚きと恐怖が全身を駆け抜ける。

「くまさんは」

そのまま耳元で歌は続く。

「あとから」

ささやくような声。

「ついてくる」

頬にひんやりとする物を押し当てられた。

「トコトコ、トォコトォコとぉ」

歌に合わせて、そのひんやりとした物で頬を軽く叩《たた》かれる。

「トコトコ、トォコトォコとぉ」

最後はピシリと強めに叩かれた。押し当てたまま動きが止まる。

奥歯がガタガタ震えた。しかし、口に押し込まれた靴下のせいで、歯の根が合わない。顎が疲れ切っていた。口元からよだれがダラダラと垂れているが、手も足も縛られていてどうすることもできない。

「あ！」という声のあとに舌打ちが聞こえた。

「二番、抜かしちゃったよ。ねえ、二番ききたい？」

ピタピタと冷たい物で頬を叩かれる。震えが止まらなかった。見えてはいないが、それが何であるかは分かっている。

ナイフ、もしくは包丁――。

何に使うつもりなのか、想像するとますます震えが激しくなった。

「別にいっか。二番の歌詞って『お逃げなさい』だもんね。逃がすつもりはないし」

頬から刃物の感触が消えた。相手が遠ざかる気配がする。

わずかにホッとした。ほどいてくれと言おうとした。これをほどいて自由にしろと。しかし、口が利けないのでただのうなり声になってしまう。あふれ出したよだれが、首筋から胸をつたって腹のほうへと流れていった。

「中年の体ってほんとにみすぼらしいね」

下腹部に強い衝撃を受けた。爪先で蹴りあげられたのだと気づいた瞬間、胃から込み上げてくるものがあった。隙間のない口の中に、吐瀉《としゃ》したモノがあふれ返る。息がつまりそうになった。ひどく咳き込んだ。ほとんど獣のような声を上げていた。口角《こうかく》の隙間から、吐いたモノが流れ落ちる。

「汚いなあ」と嫌悪感丸出しの声が聞こえた。

「ただでさえ、みすぼらしいのにますますひどい。そんなんで女子高生を買おうって言うんだから、図々しい話だよね」

そうだ。そうなのだ。

鼻で必死に呼吸をしながら、男は考えていた。こんなはずではなかった。本当なら、今ごろベッドで若い少女の肉体を味わっているはずだった。それがシャワーを浴びて出てきたら、あっという間にこの状態にされてしまったのだ。

呼吸が楽になり始めた。吐き気も治まってきた。ただ、吐いたモノのにおいが鼻先に漂って、油断すると再び戻しそうになる。

そう言えば、あの少女はどこにいったのだろう。

シャワー室を出ると、すでに少女の姿は見当たらなかった。代わりに背後からいきなり殴りつけられた。気がつくと、目隠しをされ、手足を縛られ、首もつながれ、口には靴下を押し込まれていた。

そして、「森のくまさん」が聞こえてきたのだ。

嫌な予感が頭をよぎる。まさかとは思う。まさかとは思うが――。

「ねえ、おじさん、あんなこと繰り返して許されると思ってた?」

顔を上げた。目隠しをされているので相手は見えない。

「あんた、女子高生買うの今回が初めてじゃないでしょ。しかも、金払わないで逃げてるでしょ。ネットに実名で書かれてるよ」

ネット? 実名?

「ま、あんたみたいなおじさんじゃ、掲示板なんか見ないか。でも、いくらおじさんでも『森のくまさん』は知ってるよね」

男はびくりと体を震わせた。

「巷《ちまた》で噂《うわさ》の『森のくまさん』、それは今、あなたの目の前にいます」

やはり……本物……なのか……？

「あ、その顔は疑ってるな」

だって、そんな、本物ということは——。

「じゃあ、証拠を見せてあげるよ」

近寄ってくる気配を感じた。次の瞬間、左耳に激痛が走る。喉の奥で悲鳴を上げた。

熱い！　左耳が焼けるように熱い！

「あらら、半分しか切れなかった。ごめん、削《そ》げ落ちたほうが痛くないんだよね」

頬から顎をつたって、膝の上に生温かい液体がこぼれ落ちた。嘔吐《おうと》物《ぶつ》の酸っぱいにおいに錆《さび》くさいにおいが混じる。

「でも、これで本物だって分かったでしょ」

耳がズキンズキンと脈打っていた。痛みに気が遠くなりかける。

どうすればいい？　どうすればいいのだ？

「どうしようもないからね」

男の心をのぞき見たかのように、相手が無情に告げた。

「もう助からないから。自分のこれまで犯してきた罪深き行為を悔やむんだね」

嫌だ。俺はまだ死ねないんだ。

「あなたに残された時間は、あと四番と五番の間だけだよ」

俺には妻がいる。

「お嬢さん」

娘もいる。

「お待ちなさぃ」

娘はまだ小学三年生だ。

「ちょぉっと」

ずいぶんと生意気にはなった。

「落しぃ物」

でも、まだ甘えてくる年ごろだ。

「白い貝がらのぉ」

可愛いのだ。

「小さなイぃヤリングぅ」

可愛《かわい》くて仕方がないのだ。

「あらくまさん」

なのにどうして？

「ありがとう」

家のローンはどうするんだ。

「お礼に」

娘にだって金がかかる。

「歌いましょう」

それなのに。

「ラララ、ラぁラぁラぁラぁ」

何でこんな目に。

「ラララ、ラぁラぁラぁラぁ」

何でこんな目に！

「バイバイ」

＊＊＊

森のくまさんからのおしらせ［10／22］

1：森のくまさん：201X/10/22 (mon) 21:56:55

クソ容疑者：森義男（42）
クソ生息地：世田谷区上北沢
クソ罪状：援交料金踏み倒し多数
クソランク：☆☆☆
クソ判決：処刑

やはりこいつもサイテーのオヤジでした
だいたいオヤジのくせに図々しいんだよね
死に方も汚くてサイテーでした
以上、よい子の味方、みんなのヒーロー、
森のくまさんからのおしらせでした

2：森くまウォッチャー：201X/10/22 (mon) 21:57:41
もりくま、キタ——!!

1

「これで被害者は五人目になります！」

レポーターの女性は風で乱れる髪を押さえながら、興奮した口調でそう告げた。

「いったい、犯人はどのような人物なのでしょう。一日も早い逮捕が望まれます。被害現場であるホテルの前からお伝えしました」

テレビから目を離すと、野々宮《ののみや》ひよりはため息をついた。

「五人目とか怖いね」

「ホントだよねえ」と向かいに座っている若林《わかばやし》菜々美《なな み》がウンウンと頷《うなず》く。

菜々美はひよりと同じK大商学部の二年生だ。中学から一緒なので、付き合いは長い。いまは菜々美の家のリビングにいた。

「そうかな」と菜々美の横にいる九門《くもん》正則《まさのり》が首をひねる。細いフレームのメガネを右手で直した。「別に、二人が怖がる必要はないと思うけど」

「そう?」とひよりは訊《き》き返した。

「だって、殺されてるのはひどい奴らばかりだ。二人が狙われる心配はないだろ。昨日の男も、援助交際を繰り返してたそうだ。しかも、料金を踏み倒してたらしい」

「えー、それってひどいね」と菜々美が言う。

「そう考えると、自業自得だろ」

テレビの中では、男性キャスターが首をひねっている。

「どうなんですかね。これだけネットに書き込みがあれば、犯人は特定できそうですけど。伊藤《いとう》さん、そのあたりはお分かりになりますか」

「もちろん、警視庁のサイバーポリスも捜査はしてるでしょう」と丸いメガネをかけたコメンテーターが話し始める。〈ネット評論家・伊藤大介《だいすけ》〉と表示された。「ただし、IPアドレスの偽装は、ちょっとした知識があれば簡単にできます」

「IPアドレス？」

「ネット上の住所のようなものです。分かれば、どのPCからの書き込みかは簡単に特定できます」

「犯人はそれを偽装していると？」

「ここで詳細をお話することはできませんが、プロキシサーバーを複数経由すると、特定はかなり難しくなります」

「プロバイダーにログの提出を求めれば、いいのではないですか」隣に座っていた女性コメンテーターが質問する。〈放送作家・保坂美保子《ほさかみほこ》〉と出ていた。

「国内のプロバイダーでしたら、可能でしょう」と伊藤が答える。「しかし、これが海外、特に中国となると、ほぼムリと言っていい。彼らが提出に応じることは、まずあり得ないでしょうね」

「つまり、書き込みからの特定は難しいと?」キャスターが質問する。

「そうですね。それに身元を特定させないだけなら、ほかにも方法はあります」

「たとえば?」

「ホテルのロビーには最近、宿泊客用にPCが置いてあります。あれを利用したっていい。多少の偽装をしておけば、警察が特定するころには痕跡など残ってないでしょう。ネットカフェだって、うまくやれば利用できます」

「それはムリじゃないですか」と保坂が突っ込む。「東京都は身分証の提示を義務づけているはずです」

「ええ」と伊藤が頷く。「2010年7月に施行されたネットカフェ条例によって、確かに身分証の提示は義務づけられています。しかし、ネットを使わずにマンガを読むだけなら、身分証を不要としている店もあります。そういう店で、誰かが席を空けた隙に、素早く書き込むことは可能です。USBにデータを用意しておけば、ものの数十秒でできるでしょう」

「つまり、書き込みだけではムリだということですね」キャスターがまとめるように言った。「それでは、街の人の声も聞いてみましょう」

今度は街中でのインタビューが流れ始める。若者が、「俺ら、森くまのファンでーす」と答えている。隣にいる友人が「森くま、応援してるぜ！」と親指を立てた。

「バカな奴ら」とひよりは眉をひそめた。

「バカ？」と正則が訊き返してくる。

「だって、森くまなんて、ただの殺人鬼でしょう」

正則がひよりを見つめた。整った顔で見つめられると、ついドキリとしてしまう。

「なによ」

「そうとも言い切れないと思うけどね」

「どうして？」

「ひよりも知ってるだろ。森のくまさんの被害者なんてひどい奴らばかりだ」

「だからって、殺していいわけじゃないでしょ」

「でも、心情は分かるけどね」正則が肩をすくめた。「一人目は、近所のおばあさんに嫌がらせをしていた中年女。二人目は、バイトの女子高生につきまとっていたコンビニの店長。三人目は、ほかの生徒と一緒に一人の生徒をいじめた小学校教師。四人目は、自分に入れ込んだ女性客に売春をさせていたホスト。昨日の五人目が、援助交際の料金を踏み倒していたサラリーマン。どの被害者も、あんまりかばいたくなる相手じゃないよ」

「よく覚えてるわね」とひよりはあきれた。

「将来、警察官僚を目指す身ですから」

「ただの森くまウォッチャーでしょ」

正則が顔をしかめた。「あんなのと一緒にしないでよ」

森のくまさんをネットで追いかけている人々は「森くまウォッチャー」と呼ばれていた。かなりの人数がいるらしく、ネット上で森のくまさんは「神」扱いされている。

「もしかして、二人でいるといつもこんな話ばっかり？」とひよりは菜々美に訊いた。

「大体ね」菜々美がクスリと笑う。「くまさんの話か、お兄ちゃんの話かどっちかかな」

菜々美には十歳上の健介《けんすけ》という兄がいる。両親が仕事の都合で海外にいるため、菜々美は健介と二人で暮らしていた。

健介は警視庁捜査一課の刑事だ。現在、T大法学部の二年生で、将来、警察キャリアを目指すと豪語している正則にとってはあこがれの存在であるらしい。

「俺は九門くんみたいなエリートとは違うよ」と苦笑いする健介は、交番勤務から所《しょ》轄《かつ》の刑事課を経て、おととし念願の本庁勤務にたどり着いている。大卒入庁だが、いわゆるノンキャリアだ。正則が目指すキャリア官僚とは違う。

しかし、正則にとってそれは関係ないらしく、「やっぱり一線で活躍している人はカッコいいよ」と目をキラキラさせて言う。その様子は、好きなスポーツ選手について語る子どものようだった。

「どっちかってことはないだろ」と正則がむくれる。

「そうだっけ」と菜々美がとぼけた。

二人が付き合い始めて一年ちょっとになる。のんびりした菜々美に合わせて、ゆっくりと関係を築いているようだった。そばで見ていても微笑《ほほえ》ましい。当初は、見た目のいい正則に騙《だま》されているのではないかと心配したが、どうやらそういうことはなさそうだった。

「でも、あたしは早く、くまさんが捕まってほしいなあ」と菜々美がため息をつく。「今のままじゃ、お兄ちゃんの体のことが心配」

菜々美が「くまさん」と言うと、ぬいぐるみのクマのことでも言っているように聞こえるが、実際はそんなカワイイ話ではない。

森のくまさん連続殺人事件――。

現在、日本でこの事件を知らない人はいない。夏の終わりから都内各所で発生している連続殺人事件だ。昨日でとうとう犠牲者は五人となった。

当初、警察はそれぞれを別の事件として扱っていたが、三件目の事件が発生したころから、同一犯の可能性がささやかれ始めた。きっかけはネットの掲示板だった。三つの事件とも、発生直後に掲示板に被害者に関する書き込みがされていたからだ。しかも、いずれも事件が公《おおやけ》に発覚する前のタイミングで。

四人目の犠牲者が出たあと、警察もこの事実を認めた。

それが発表されると、世間は大騒ぎになった。マスコミはこぞって、この事件を取り上げた。ニュースやワイドショーで連日のように特集が組まれ、専門家を名乗る人々が勝手に犯人像を予想したり、逮捕できない警察を非難したりした。

ただし、この事件が騒がれているのは、単に連続殺人だからではない。被害者同士に接点が見つからないことが、話題を大きくしていた。

過去にも連続殺人や大量殺人はある。しかし、津山《つやま》の三十人殺しにしても、大久保《おおくぼ》清《きよし》や宮崎勤《みやざきつとむ》の事件にしても、いずれも被害者には選ばれた理由があった。

だが、今回は違う。被害者は主婦、コンビニの店長、教師、ホスト、昨日は普通のサラリーマンだ。まったく接点がない。通り魔殺人とは形態の違う、無差別殺人だった。それが当初は、「もしかしたら自分も……」という世間の恐怖をあおる形となった。

しかし、最近の報道では、どうやら犯人はネットでターゲットを捜しているのではないかと推測されていた。ネットには、他人の悪口や中傷があふれ返っているからだ。

この推測には裏づけがある。過去の被害者が全員、ネット上でなんらかの中傷を受けていたからだ。しかも実名で。内容は、どれも被害者のひどい振る舞いを告発するものだった。つまり、被害者はいずれも、自ら恨みを買う行動をしていたのだ。

だから、この事件では被害者に対する同情が少ない。テレビや新聞では建前上そのような態度は取らないが、どこか世間には怯《おび》える気持ちと裏腹に、犯人をヒーロー視する空気があるのも事実だった。それが、ネットでの「神」扱いにもつながっている。

さらに、この事件では別の問題も発生していた。犯人がネット上でターゲットを捜していると報道されると、実名で殺してほしい人物について書き込む行為が急増したのだ。掲示板の管理者も警戒を強めており、実名が入った書き込みはすぐに削除しているという。しかし、現実はイタチゴッコだった。

「次のニュースです」とアナウンサーが告げた。「エスケイ化粧品のクレンジングクリームで、皮膚障害が多発している問題に関して――」

画面が急にバラエティー番組に切り替わった。テレビからドッと笑い声が聞こえてくる。見ると、菜々美がリモコンを手にしていた。

「別にいいのに」とひよりは苦笑いした。

「何が?」と菜々美がとぼける。「それより、写真撮って」と正則の隣に行ってピースをする。正則が笑いながら便乗すると、「よろしく」と同じくVサインを作った。

「はいはい」とひよりは携帯で二人の写真を撮った。

「ありがと」菜々美がニッコリと笑う。

「こちらこそ」とひよりも笑った。

エスケイ化粧品はひよりの母、かおりが勤めている会社だった。現在、そのエスケイの製品を使った顧客に、重度の皮膚障害が発症したとして問題になっている。そのため、東京エリアのセールスマネージャーであるかおりは、毎日遅くまで謝罪に回っていた。ここしばらく帰宅が深夜十二時より前になることはない。

「しかし、気の毒だよな」と正則が言った。「ひよりのお母さんは何も悪くないのに」

「でも、販売した側として消費者に対して責任があるから」とひよりは答えた。母がいつも口にしているセリフだ。

玄関でドアの開く音がした。

ひよりはドキリとした。胸がときめく。しかし、反面、憂うつな気分にもなった。

「お兄ちゃん、おかえりー」菜々美が腰を上げて、玄関のほうへと歩いていく。

「おかえりなさい」と正則も一緒に玄関へと向かった。

菜々美の兄、健介は、森のくまさん事件の捜査員として、連日かけずり回っている。もちろん、本人はどの事件を担当しているのか、はっきりとは言わない。しかし、先月の特別捜査本部の立ち上げ以降、ほとんど休みらしい休みが取れていないことから、森くま事件に関わっていることは明らかだった。

そのため、ここ最近、ひよりとゆっくり会える時間はまったくない。電話どころか、メールのやり取りすら、まともにできていなかった。

ただ、これは先月に始まったことではない。以前はいくら仕事が忙しくても、メールぐらいはあったのだ。それが今では、返信が一日以上、戻ってこないことも少なくなかった。この状態が、夏ごろから続いている。

なにがきっかけかは、はっきりとしていた。

リビングに入ってきた健介はくたびれた顔をしていた。目が落ちくぼんでいる。しばらく見ないうちに、少し痩せたように見えた。

「おつかれさま」と声をかける。

ああ、と頷くと、健介は自分の部屋へ向かおうとした。

「お兄ちゃん、ひどい」と菜々美がむくれる。「久しぶりに会った彼女にそれだけ？」

健介が面倒くさそうに振り向いた。

「着替えを取ったら、すぐに戻らなきゃならないんだ。ゆっくりしてるヒマはない」

「それにしても――」

「いいよ、菜々美」とひよりは遮《さえぎ》った。「ごめんね、健介さん。あたし、もう帰るから」

「それなら、途中まで一緒に行こう」

「……いいの？」

「ああ」健介が行きかけて振り向いた。「部屋に来るか」

「うん！」ひよりは立ち上がった。いそいそと健介のあとについていく。

室内は、相変わらず殺風景だった。ベッドと本棚、あとはクローゼットがあるだけ。しかし、今日は奥の壁に見慣れないモノがあった。警官の制服が吊《つ》るしてある。

「これ、どうしたの」と制服を指差す。

カバンに洋服を詰めていた健介が振り向いた。

「久々に見てみたくなったんだ」

「どうして？」

「交番勤務のころを思い出してた」健介が再び向こうを向いてしまう。

ひよりは健介の背中を見つめていた。このような場面、以前ならふざけて飛びかかっていた。しかし、今はそういう気分になれなかった。仮にひよりがそうしても、健介が一緒になって笑ってくれるとは、思えなかったからだ。

「佐《さ》藤《とう》さんを思い出してたの？」ひよりは健介の背中に向かって訊いた。

健介の手が止まる。すぐには答えなかった。

重苦しい沈黙のあとで、健介の手が動き始めた。

「俺にとって、あの人は恩人だからな」

「早く犯人が捕まるといいね」

ファスナーを閉める音が聞こえた。健介が立ち上がって、こちらを振り向く。

「捕まるさ」ひよりを見る目は、ハッとするほど鋭かった。「警官を襲った人間が逃げ切れるわけがない」

「今度はいつお見舞いに行くの？」

「しばらくはムリだ」

「行くときは一緒に連れてってくれる？」

「ああ、誘うよ」

健介がわずかに口元をゆるめた。この日、初めて見せた笑顔だった。

＊＊＊

【正義か？】森くま、ついに五人目！【悪か？】
1：森くまウォッチャー：201X/10/23 (tue) 09:49:21
【速報】森のくまさん事件で五人目の被害者か　東京・渋谷
　22日の朝、東京都渋谷区円山町のホテルで、世田谷区上北沢の森義男さん（42）が刺殺体で見つかった。

警視庁捜査一課は現在都内で連続して発生している、通称「森のくまさん」殺人事件と同一犯であるとほぼ断定した。

前スレ：【よい子の】森くま、とうとう四人目！【味方】
http://xxxxx/xxxxx/xxxxx/xxxxx/xxxxx/

2：森くまウォッチャー：201×/10/23 (tue) 09:51:30
さあ六人目は誰でしょう

3：森くまウォッチャー：201×/10/23 (tue) 10:09:12
>>2
おめえだよ

2　ある夏の夜（その一）

上空からは細かい雨が降り注いでいた。
傘を差すかどうか微妙な雨だ。実際、街を行く人で傘を差しているのはごく少数だった。日中の厳しい暑さに火照《ほて》った体には、むしろ潤いに感じられなくもない。

東京の夏の夜は暑い。殺人的な暑さだ。今日はこの霧雨で若干過ごしやすかったが、それでもこうして歩いていると、背中や脇の下にじっとりと汗がにじんでくる。うっとうしい。

駅前の商店街に入る。左右に食料品店や衣料品店がズラリと並んでいた。夜七時半、会社帰りのサラリーマンやOLで辺りはなかなかのにぎわいだった。

離れた場所で、ドッと笑い声が上がった。コンビニの前で、男子高校生が群れている。一人が、「何だよお！」と大声で叫んだ。再び、他の生徒から笑いが起こる。

高校生たちは、道にスポーツバッグを好き勝手に置いていた。側を通り抜ける歩行者が、よけながら迷惑そうに顔をしかめている。しかし、学生たちは一向に気にする様子がない。

一人の生徒が笑いながら、こちらを見た。一瞬にして、顔が強張《こわば》る。やばいという表情になって、他の生徒たちに何かをささやいた。

「げ」と誰かが口にしたのが聞こえた。一人があわててスポーツバッグを手に取る。それを合図に、他の生徒たちも自分のバッグを拾い上げる。一斉に駆け出した。

「待ちなさい」

一番後ろにいた小柄な少年が振り向いた。その瞬間に、つまずいてよろめく。バランスを崩すと、バッグを放り出して後ろ向きに転倒した。

男は歩いていくと、腕をつかんで少年を立たせた。制服の埃《ほこり》を払ってやる。

「大丈夫か？」

少年は顔面蒼白《そうはく》だった。見れば、まだ幼い顔をしている。制服も体のサイズに比べて大きい。おそらく春に入学したばかりなのだろう。

男は逆さまに転がっているバッグを拾い上げた。近くの高校名がローマ字で入っている。その下に「FOOTBALL CLUB」とあった。

「サッカー部なのか」とバッグを渡しながら訊《き》く。

少年は受け取ると、「はい……」と下を向いたまま蚊の鳴くような声で答えた。

「こんな遅くまで表にいるのは感心しないな」

「すいません」

「寄り道は禁止されているだろう」

「はい」

「学校に報告する必要があるな」

「え……？」少年が顔を上げた。

「それはそうだろう。校則違反をしたんだ。普通なら学校に報告しなければならない」

「そんな……」と少年の顔が歪《ゆが》む。

「ただし――」男は気を持たせるように言った。「普通なら、の話だ」

少年の表情が微妙に変化する。すがるような目を男に向けた。

背筋がゾクゾクした。たまらない優越感を覚える。

「反省してるのかい」男は少年を見下ろした。

「してます」

「二度としないと誓えるかい」

「誓えます」

「みんなにもそのことを伝えてくれるかな」

「伝えます」

「では、今回は大目に見ることにしよう」

少年の表情がパッと明るくなる。それを見て、男も口元に笑みを浮かべた。

「すいませんでした」少年が深々と頭を下げる。

いい光景だった。周囲の通行人も、尊敬のこもった目で男を眺めている。

少年が何度も頭を下げながら立ち去るのを見送って、男は再び商店街を歩き出した。

少し目立ち過ぎてしまった。横道にそれると、比較的、静かなほうへと歩き出す。

前から女が歩いてきた。二十代前半だろうか。化粧が濃く、肌の露出した服を着ている。男に気づくと、気まずそうに視線をそらした。足早に通りすぎていく。

上空を見上げた。雨は相変わらず静かに降り続けている。

ふと何かが目の端で動いた気がした。目を凝《こ》らして見る。古い雑居ビルだった。こちら側に窓は一つもない。錆《さび》ついた非常階段が外についている。

屋上で白い物が動いた気がしたのだが……。

しばらく眺めていたが、特に変わった様子はなかった。気のせいかと目を離そうとしたとき、再び白い物がチラリと動くのが見えた。

人だ――。

一瞬ではあったが間違いない。誰かがビルの屋上にいる。

別にビルの屋上にいることが悪いわけではない。しかし、そこで何をしているのかが問題だった。よからぬ輩《やから》が、よからぬ行為をしているのかもしれない。

男は帽子を被り直すと、非常階段の前まで歩いていった。鍵は引っかけるだけの物で、柵の隙間から手を突っ込んで簡単に開けることができた。

できるだけ足音を立てないように気をつけた。階段は錆ついていたが、意外としっかりした造りらしい。揺れたりきしんだりすることはなかった。

三階まで上って、一旦《いったん》足を止める。屋上まであと二階分であることを確認した。

再び足音を立てないように上り始めた。雨で滑らないように気をつけながら、一歩一歩、踏み締めるように上がっていく。

屋上まであと数段というところだった。ボソボソと話す声が聞こえてきた。足を止めて、耳を澄ます。しかし、何を話しているのかまでは分からない。

複数か——。

慎重になったほうがいいかもしれない。

残りの階段を上る。これまで以上にそっと足を運んだ。

屋上は風があった。左手に給水タンクが見える。話し声はそちらから聞こえていた。距離を取って回り込むように近づいていく。徐々にタンクの向こう側が見えてきた。

ぴしゃ——。

男は息を飲んだ。水たまりに足を踏み入れてしまった。それほど大きな音ではない。しかし、静かな屋上ではそれで充分だった。

話し声が止んだ。

しばらく緊張感のある沈黙が屋上を支配する。男も息を殺して様子をうかがった。

「誰？」と声が聞こえた。女の声だった。

「誰かいるんでしょ？」ともう少し大きくなる。

女と知って安心する。しかし、少なくとももう一人はいるはずだ。油断はできない。

男は改めて警戒しながら、タンクの裏側へと近づいていった。

「来ないで！」

暗がりに二つ、人影が浮かびあがっていた。目を凝らすと、二人が制服姿の少女であることが分かる。男はホッと息をついた。

上空から降り注ぐ細かい雨が、乾きかけていた頬を再び濡《ぬ》らしていく。

少女たちは寄り添っていた。暗くて表情はよく見えない。

男は近づこうとした。

「お願いです」と先ほどよりか細い声が聞こえた。「こっちには来ないでください」

男は足を止めた。そして気がついた。

二人の少女は柵の向こう側に立っていた。その先には、真っ暗な闇が広がっている。

「それ以上近づいたら、飛び降りるからね！」と最初の声が叫んだ。

男は呆然《ぼうぜん》と二人を見つめた。帽子のひさしから、ポタリと水滴がこぼれ落ちた。

＊＊＊

悪徳会社ＳＫ化粧品について

１：メイクななしさん：201X/10/23 (tue) 12:12:01

ＳＫの製品は本当に

ひどいです
クレンジングだけじゃ
ありません

2：メイクななしさん：201X/10/23 (tue) 12:13:13
知り合いは洗顔フォームで
顔がどす黒く変色しました
枯葉剤の一種が
混入してるそうです

3：メイクななしさん：201X/10/23 (tue) 12:13:59
SKのクレンジングで
顔がただれました
一か月以上外に
出てません

4：メイクななしさん：201X/10/23 (tue) 12:14:25
責任者という女が

家まで来ました
謝罪はしません
でした

5：メイクななしさん：201X/10/23 (tue) 12:15:09
森のくまさんが処刑すべきは
佐々木のババアや責任者の
女です

6：メイクななしさん：201X/10/23 (tue) 12:20:00
誰かいませんか

3

十月後半にしては、暖かな陽気だった。

降り注ぐ日差しは柔らかく、夏とは違う心地好《よ》さに身を委《ゆだ》ねたくなる。暑さも寒さも苦手な若林菜々美にとって、外に出てみようと思う数少ない季節だった。こういうオープンカフェにも、つい座ってみたくなる。見上げると、高く青い空が気持ちよく広がっていた。

「聞いてる？」

正則の声がした。菜々美はあわてて視線を戻して、「ごめんなさい」と謝った。

「相変わらずだなあ」と正則が苦笑いする。「何、考えてたの」

「んーいい天気だなと思って」再び上空を見上げる。こうしていると、自分の心配など、ただの気のせいではないかと思えてくる。

「で、何の話だった」と訊き返した。

「健介さん、おとといも忙しそうだったなと思って」と正則が言う。「健介さんを見てると、刑事ってつくづく大変なんだって思うよ」

「でも、まーくんもなりたいんでしょ」

「まあね」と答えて、正則がメガネのフレームに触れた。

「ただ、僕が目指すのは警察官僚だけど」

「お兄ちゃんがね、俺はいつか九門くんにアゴで使われるなって笑ってたよ」

「そんなことしないよ。僕がもっとも尊敬するのは、現場の捜査員なんだ。たとえ官僚になっても、彼らをないがしろにすることはない。よくある刑事ドラマとは違うよ」

菜々美は微笑んだ。「まーくんはエライね」

「エラくなんかないよ。本当にエライのは、最前線で命を張ってる健介さんたちなんだ。それが当たり前の考え方だよ」

相変わらず正則の話題には兄がよく出てくる。それは出会った当初から変わらない。

――へえ！　君のお兄さん、警察官なんだ。

正則と初めて会ったのは、大学の友だちに誘われて行った飲み会だった。最初、その友だちが誘ったのはひよりだったが、「好きな人がいるから」と断ったらしい。代わりに菜々美を誘うようにそそのかしたというのは、あとから聞いた話だ。

しかし、菜々美は単なる女の子同士の飲み会だと思って行った。そこに、見知らぬ男の子たちが何人も座っていた。一瞬、回れ右をしようと思ったが、誘ってくれた友人に「こっち、こっち」と呼ばれてしまい、帰るに帰れなくなってしまった。

「全員がT大生なの」

その友だちは自慢げに紹介した。彼女の彼氏が国立のT大学に通っていて、そのツテで開催された合コンだった。ほかの女の子たちが気合の入った格好をしている理由がそのときに分かった。

菜々美はそういう場が苦手だった。参加すること自体が初めてだったので、本当に苦手かと言われると答えに困るが、とにかくそういう場にいたいとは思わなかった。

（元が取れるだけ食べたら、さっさと帰ろう）

そう思って、仕方なく席についた。そのとき、隣に座っていたのが正則だった。

あとで聞いた話によると、正則も菜々美と同じく人数合わせで無理やり連れてこられたらしい。それもあってか、正則はあまり積極的に話そうとはしなかった。そのため、必然的に菜々美がしゃべっている時間が長くなった。

そうでなければ、兄が警察官だと伝えることはなかっただろう。兄が警察に勤めていると言うと、たいていの人は身がまえるからだ。それが嫌で、普段は聞かれても「公務員」とだけ答えていた。

しかし、そのときはつい口がすべってしまった。自分でもなぜ言ってしまったのかは分からない。ただし、今から考えれば、それが運命だったのかもしれない。

兄が警察官だと知った正則は、途端に饒舌《じょうぜつ》になった。兄の職業について色々質問してきた。兄の仕事にそれほど詳しくなかった菜々美のほうが戸惑うほどだった。

「すごいね、君のお兄さん」と言う正則は楽しそうだった。

それを見て、菜々美もうれしくなった。兄のことを褒められて悪い気はしなかった。

「僕は警察官僚になりたいんだ」と正則は将来の夢も教えてくれた。

そのころ菜々美は警察庁と警視庁の違いもよく分かっていなかった。警視庁が東京都の警察で、警察庁は全都道府県の警察組織を束ねる機関だというのも正則から教えてもらった。

あの「合コン」から一年以上が過ぎた。出会いとは不思議だと思う。最初から「合コン」だと聞かされていたら、菜々美は絶対に行かなかっただろう。そうしたら、正則に会うこともなかったはずだ。

「僕だって本当なら前線で体を張って活躍したい」と正則が話を続ける。「でも、僕はT大生だからね。僕にしかできないことがあるはずなんだ。それは現場じゃないと思う。残念だけど」

夢の話をするとき、正則は目がキラキラしている。まるで子どものようだ。菜々美は微笑ましい気持ちでその様子を眺めていた。

多少、自信家なところはあるが、正則は総じて優しかった。ケンカをしたことは、付き合ってから一度もない。まだ早すぎるが、将来について考えることもあった。もし自分が結婚するとしたら、兄の仕事に理解のあることが必須だ。その点、自らも警察官を目指す正則は理想的と言えた。

ただ、最近は気になっていることがある。

正則が携帯で時間を確認した。「菜々美はこのあと何かあるの？」

「あたしは何も。まーくんはバイトでしょ」

「そだね。そろそろ行かなきゃ」

「そっか……」菜々美は気づかれないように小さくため息をついた。

正則は一人暮らしをしている。実家から仕送りをもらわず、学費と生活費を稼ぎながら大学に通っていた。だから、バイトと言われれしまうと、それ以上は何も言えない。

しかし、最近は以前よりバイトの回数が増えている気がした。そのぶん、菜々美と会う時間が減っている。疑いたくはないが、嫌な想像をしてしまうのも事実だった。

自分の彼氏に言うのもなんだが、正則がモテないはずがない。T大生でこのルックスなら、女の子は放っておかないだろう。例の「合コン」のときも、話していない子から電話番号を渡されていた。「菜々美以外は捨てた」と笑っていたが、本当のところはよく分からない。

「じゃあ、行くよ」正則がカバンを手に腰を上げる。

「頑張ってね」菜々美は手を振った。ふと思いついて、ねえ、と呼び止める。

「何？」と正則が振り返った。

「今度、バイト先に遊びにいってもいい？」

「……え？」正則が固まった。

予想していなかった反応に、菜々美のほうが驚いてしまう。

しばらく、二人で黙ったまま見つめ合った。

先に視線をそらしたのは正則だった。「もちろん」と答えながら、カバンをかけ直す。

「ひよりを誘って一緒に来るといいよ。少しならサービスできると思う」

「うん、そうする」

「じゃあ」と言い残して、正則が行ってしまう。

角を曲がるまで、一度も菜々美のほうを振り返ることはなかった。

＊＊＊

【神と】森くまについて語るスレ　その２５【崇めよ】


１：森くまウォッチャー：201X/10/25 (thu) 17:39:11
被害者は五人に！　都内震撼！　森のくまさんの正体とは？

先日、被害者は五人となった。今度は普通のサラリーマンである。遺体は全裸で後ろ手に縛られ、口には被害者の物と思われる靴下が押し込まれ、首にも立ち上がると喉が絞まるように紐が巻かれて、ベッドの脚に固定されていた。

死因は喉を鋭利な刃物で切られたことによる失血死、遺体には生きている間に何度も下腹部を蹴り上げられた跡が残っており、周辺には嘔吐物が散らばっていた。

警察は多くを明かさないが、捜査は八方ふさがりらしい。被害者に接点がないこと、怨恨による犯行ではないことが捜査を難しくしている。

一部でヒーロー視する向きさえあるこの「森のくまさん」とは、いったいどんな人物なのか。

S大文学部心理学科の秋山聡教授は「大人になっても幼児性が抜けない人物ではないか」と分析する。

「殺害後に理由を公表するなど、子供じみた面がうかがえる。こういう人物は大人になり切れていないことが多い。現実世界との接点がうまく確立できていないのかもしれない」と述べた。

前スレ：【君は】森くまについて語るスレその24【ヒーロー】

http://xxxxx/xxxxx/xxxxx/xxxxx/xxxxx/

2：森くまウォッチャー：201X/10/25 (thu) 17:45:12

森くま、マンセー

秋山、氏ね

3：森くまウォッチャー：201X/10/25 (thu) 17:50:23

森くまはヒッキー？

もしくはアスペか

4

「——一日も早い犯人逮捕が望まれます」女性アナウンサーが真剣な顔で告げた。

「では、次のニュースです」

〈副作用問題——エスケイ化粧品〉という文字が映し出される。

「エスケイ化粧品のクレンジングクリームによる副作用問題のニュースです。本日、被害を訴える二十二人が、エスケイ化粧品に対して損害賠償を求めて提訴しました」

背広姿の男性を先頭に、数人の女性が建物に入っていくシーンに変わる。女性たちの顔には、すべてモザイクがかかっていた。

「午後二時です。今、東京地検に原告団の代表が入りました。エスケイ化粧品を相手取り、総額二億五千万円の損害賠償を求める訴えを起こします」

昼間の映像だった。男性レポーターがマイクを手にしゃべっている。再び画面が切り替わって記者会見の席、横長のテーブルに先ほどの男性とモザイクがかかった女性二人が座っている。

「これまで色々と交渉を重ねてきましたが、エスケイ側の対応は極めて不誠実と言わざるを得ません」男性が語り始める。テロップで〈原告団弁護士〉と表示されていた。「エスケイ側が事実を認めて謝罪し、被害者の救済をするのであれば、このような形をとるつもりはありませんでした。しかし、あくまで落ち度はないと言い張るエスケイ側の態度に、提訴もやむなしと判断しました」

女性の一人が語り始める。モザイク越しでも、顔全体を覆うマスクをしているのが分かった。「会社は私たち被害者を前にして、どうして責任がないと言い張れるのでしょう」と涙声で訴える。「責任を認めて謝罪してほしい、私たちが望んでいるのはそれだけです」

男性レポーターへと画面が戻る。

「この訴えに対しエスケイ側は、『当社の説明が伝わらなくて残念だ。事実は法廷で明らかにしたい』とコメントを発表しました。全面的に争う姿勢を見せています」

「何が説明よ」

背後から吐き捨てるような声が聞こえて、ひよりは振り向いた。

「悪いのはうちなのに。関係ないってシラを切ってるだけじゃない」

部屋の入り口に、母のかおりが立っていた。ドアにもたれかかっている。

ひよりはテレビの上の時計に目を向けた。あと数分で日付が変わろうとしている。リモコンに手を伸ばすと、「いいわよ、そのままで」とかおりが言った。「今さら何言われたって、気にもならないわ」

かおりは冷蔵庫から缶ビールを取り出した。一気に半分ぐらい飲んで一息つく。ドサリと食卓の椅子に腰を下ろした。

「ご飯は食べてきたの？」と訊くと、わずかに間があって「うん」とかおりが答える。

「ウソでしょ」

かおりが肩をすくめた。「食欲ないのよ」

「まさか、朝から何にも食べてないの？」

かおりは答える代わりに、ビールをグイッと飲んだ。

ひよりはため息をついた。「お茶漬けなら食べれるでしょ。用意するから待ってて」

「ホントにいらないからね」

ひよりは無視して台所へ行くと、サッサと準備を始めた。

最近の母は朝早く夜遅い。終電がなくなって、タクシーで帰宅することも少なくなかった。すべては今回の問題のせいだ。

事の発端はネットの掲示板だった。エスケイのクレンジングでひどい肌荒れを起こした人がいるとの噂が広がり、テレビでニュースとして取り上げられた。そこから一気に火がつき、被害者だと名乗る人が次から次へと現れた。

エスケイ化粧品は女性社長、佐々木《ささき》恵子《けいこ》のカリスマ的人気もあって、ここ数年で急成長を遂げた新興の化粧品会社だ。関東を中心に、訪問販売でのきめ細かなサービスをウリにしている。中でも顧客が最も多いのが東京であり、そのエリア責任者が母のかおりだった。顧客が多いエリアだけに、当然ながら被害者も多い。かおりは連日、その対応に追われていた。一軒一軒、担当者とともに顧客を回っている。

しかし、「頭は下げても謝るな」と会社からは指示が出ているらしい。なぜなら、会社として責任を認めていないからだ。肌荒れと製品の因果関係を示す証拠はないというのが会社側の主張だった。ただし、本人から要望があれば、「治療費」の名目でお金を渡している。道義的な観点からだと説明をしているが、受け取った人には訴訟を起こさない旨の念書を書かせていた。

「口止め料だと思われても仕方ないわよね」とかおりは最初からぼやいている。会社のこの方針が、母には一番のストレスになっているようだった。

もちろん、こういった対応は世間の反感を買っている。社長の佐々木恵子が以前からテレビに出ていたこともあって、ニュースとしても大きく扱われていた。それでもこの程度の扱いで済んでいるのは、森のくまさん事件があるからだろう。本来ならトップニュースになりそうなこの問題も、常に二番目の扱いだった。

「あんたはご飯食べたの？」

「バイト先でね。はい、お待たせ」とかおりの前にお茶漬けを置く。

「だから、いらないって」

「もう用意しちゃったもん。ちょっとでいいから食べてよ」

「お節介なんだから」とブツブツ言いながらも、かおりはお茶漬けに口をつけた。しかし、二口ほど食べてすぐに箸を置いてしまう。

かおりは今年で四十一歳になった。同年代よりは若く見えるが、こうして見ると、やはり普通の中年女性だ。特に最近は疲れているのか、目尻の皺《しわ》が以前より深くなった気がする。

二十歳で結婚した母が離婚したのは、二十二歳のときだ。相手はひどい男だったらしく、離婚してから一度も会っていないという。

母が離婚したとき、ひよりは一歳になったばかりだった。もともと周囲の反対を押し切った結婚だったため、母の両親はそれ見ろと言わんばかりだったという。そんな両親に反発して、母は親からの援助を一切受けなかった。夜の仕事をしながら、ひよりを女手一つで育ててくれた。だから、今でもひよりたち親子は祖父母と交流がない。

そんなかおりが夜の仕事を辞め、エスケイ化粧品に入社したのは三十歳のときだ。

その半年ほど前のことだった。当時、小学四年生だったひよりが、ある日、学校に行くと突然、誰も口を利いてくれなくなっていた。昨日までは楽しく笑っていた友だちでさえ、「おはよう」のあいさつに返事一つくれなくなっていた。

ひよりは途方にくれたまま、一時間目の算数を受けた。自分がイジメの対象になったらしいことは分かった。しかし、その理由が分からなかった。

分かったのは、一時間目のあとの休み時間だった。トイレから戻ってくると、クスクスと忍び笑いが聞こえた。みんながひよりの様子をチラチラとうかがっている。

席に着いて黒板を見た瞬間、カッと全身が熱くなった。

〈野々宮のかあちゃん、エロ星人！〉

〈セックス大好き！　野々宮夫人〉

〈野々宮の母さんはスケベの王様です〉

ピンクや黄色のチョークで、デカデカと書かれていた。横には裸の女が股を開いている下手《へた》くそな絵も描かれていた。

教室内がドッと湧いた。

しばらく動くことができなかった。恥ずかしさと悔しさで全身がワナワナと震えた。

ひよりは母が水商売をしていることを隠していた。しかし、誰かがそのことを知ったのだろう。それは子どもたちにとって、格好のネタだった。

正直なところ、ひより自身も母の仕事を恥ずかしいと思っていた。電話でお客と甘えた声で話す母を見るのは、嫌でたまらなかった。しかし、母自身が嫌いなわけではなかった。自分のために頑張ってくれている母が、ひよりは大好きだった。

唇を嚙《か》みしめ、黒板を消しに行った。消している間も、後ろから忍び笑いが聞こえていた。何かが飛んできて頭に当たった。反動で黒板に額をぶつけた。爆笑が起こった。ポン、ポンとドッジボールの弾む音が、ひよりを絶望的な気分にさせた。

その日以来、ひよりは無視されるようになった。同じクラスだけでなく、違うクラスの生徒にもまるでいないかのように扱われた。

きつかった。どこにも居場所が見つからなかった。学校にいると、自分の存在すら疑ってしまう。あたしがいる必要なんてないのかもしれない、そんな思いに駆られるようになっていた。それでも学校を休まなかったのは、母のことがあったからだ。休めば、母にイジメのことがばれてしまう。

そのせいで、どこにも逃げ場がなくなってしまった。あらゆる道を絶たれた気分だった。死んだほうが楽だと考えたこともあった。ひよりは徐々に精神的に追いつめられていった。

イジメが終わりを迎えたのは、突然だった。

ある日、学校から帰ってくると、「ひより」と母に声をかけられた。

「何？」と答えてから、ずいぶんと家の中が散らかっていることに気づいた。

「来週から転校するわよ」

「……へ？」

「明日、引越しするから。今夜中に荷物まとめといてね」

しばらくポカンとしていた。意味を理解するまでに時間がかかった。それから、「ちょ、ちょっと。そんなこと聞いてないよ」とあわてて言った。

「そりゃそうよ。今、初めて言ったもの」

「そんな急に……」

「何か問題でもある？」

「問題は――」と言いながら、ふと学校のことが頭に浮かんだ。

これであの地獄から逃れられる――そう思いついた瞬間、不意に心が軽くなった。

「ない！」と勢い込んで答えた。「ない、全然ない」

母がニッコリと笑った。

「だったら、さっさと準備しなさい。急がないと間に合わないわよ」

「うん！」

ひよりはランドセルを放り出すと、すぐに荷物をダンボールにつめ込み始めた。

しばらくして、「そうそう」と母が思い出したように言った。「それから、今の仕事は辞めることにしたからね」

え、とひよりは手を止めて母を見た。母はひよりのほうを見ていなかった。忙しそうに、荷物をダンボールにつめ込んでいる。

「お昼間の仕事をすることにしたの」母は背中を向けたまま続けた。「エスケイ化粧品っていう化粧品の会社よ」

「……どうして」と訊き返す声は震えた。

母が振り返った。口元には笑みが浮かんでいたが、目が真っ赤だった。

「私ももう若くないしね」と母が肩をすくめた。「そろそろ夜の仕事は限界かなあと思って。だから、ついでにお引越しもするのよ」

その後、母が水商売をしていたころより生活は苦しくなった。でも、つらくはなかった。母が頑張っている姿を見ると、自分も頑張ろうと気合が入った。

あれから十年が経った。この秋、母は東京エリアのセールスマネージャーに昇進した。母の頑張りが認められた、そんな気がしてうれしかった。その矢先の今回の出来事だ。ひよりとしては、ケチをつけられた気分だった。

「それより、あんたのほうよ」と母が探るようにひよりを見た。

「最近、若林さんとはどうなの」

内心ギクリとした。「どうって」と平静を装って応じる。

「うまくいってないんでしょ」ズバリ核心を突かれた。

さすが母親だ。疲れていても、見るところはちゃんと見ている。

「……別に」と答える声は不満げになってしまった。

夏以来、健介は急につれなくなった。普通なら、ほかに彼女でもできたのかと疑うところだろう。しかし、その心配はしていない。

つれない理由は、おそらく心の中を別のことが占めているからだ。態度がおかしくなった時期から考えても、まず間違いなかった。

さびしくないと言えば嘘《うそ》になるが、ことがことだけに仕方がないとあきらめていた。健介も憤《いきどお》る気持ちをぶつけようがなくて、もがいているのだろう。できれば力になってあげたかったが、訊いても、「大丈夫だ」と答えるだけで本心は教えてくれない。

ただし、あきらめているとは言っても、最近、会うたびに顔つきが険しくなっていくことは気にかかっていた。先日も、どこか思いつめたように見えた。仕事が仕事だけに、心配になってしまう。犯人を逃がすぐらいならかまわないが、本人が怪我をするようなことにだけはなってほしくない。

「彼のお仕事は特殊だからね」とかおりが言った。「特に、今は例の森くま事件があるわけでしょ。あんまりワガママ言っちゃダメよ」

本当は、その事件じゃないんだけどね――。

心の中でそう思いながら、「分かってる」とひよりは答えた。

＊＊＊

森のくまさんへのお願い［10／28］

1：森くまウォッチャー：201X/10/28 (sun) 01:23:33
お願いしたい相手はめぐみこと、篠原裕子です
歌舞伎町の「とっぷれいでぃ」のキャバ嬢です
同伴、アフター、プライベートでしぼりとったうえで
男をポイ捨てです

サラ金に借金させても知らん顔です
これまで自殺が一人、自殺未遂一人です
私も会社の金に手をつけました
そのせいでクビになりました
妻と子も出ていきました

そんな私にあの女は「ゴキブリ」と言ったのです
お願いです、あの女におもいしらせてください
めぐみこと、篠原裕子の住所
中野区東中野ニ—×—×　メゾンドNAKANO　905号室

2：管理者さん：201×/10/30 (tue) 13:37:59
>>1
この書き込みは問題があると判断したため管理者が削除しました。

5　ある夏の夜（その二）

「それ以上近づいたら、飛び降りるからね！」

柔らかな夏の雨は、相変わらず静かに降り続いていた。

屋上の弱い明かりに、二人の少女の顔がうっすらと照らし出されている。太った少女と線の細い少女——おそらく高校生だろう。雨に濡れた頬が、ほの暗い明かりの中で艶《つや》やかに光を反射していた。

男はわずかの間、線の細い少女に見とれていた。ハッとするほど可憐《かれん》な少女だった。この年ごろだけが持つ、刹那《せつな》的な美しさがそこにはある。

「ねえ、君たち」

「何よ」と太った少女が答える。

「死ぬつもりだったのかい」

「悪い？」と太った少女が挑戦的に言い返した。

「もったいないな」

「あんたに関係ないでしょ」太った少女は、もう一人の少女をチラリと見やった。「あんたにこの子の苦しみが分かるわけ？」

「だったら、説明してくれ」

「説明したって、分かるわけないでしょ」

「それは説明してみないと分からないよ」

「分かるわ。あんたたち大人に、あたしたちの気持ちが分かるわけない」

「大人だって色々いる」

「一緒よ」

「じゃあ、君たち高校生はみんな一緒かい」

「そんなわけないでしょ」

「それなら、大人だって同じだ」

「そんな屁理屈《へりくつ》、聞きたくないわ」

「屁理屈じゃない、事実だ」

「とにかく、あんたとしゃべる気はないから。どっか行ってよ」

「そういうわけにはいかない」

少女はしばらく鋭い視線を男に向けていたが、やがてフンと鼻を鳴らした。

「じゃあ勝手にすれば。このまま飛び降りるから」

「それはダメだ」

「あんたが決めないで」

「僕が決めてるわけじゃない」

男はもう一人の少女を見やった。男と目が合うと、少女は前に立つ少女の制服をおびえたようにつかんだ。

「君は平気かもしれない。でも、その子はどうかな。覚悟はできてる?」

「できてるに決まってるでしょ。冗談でこんなことするわけないじゃない」

「冗談じゃないからこそ、迷いが生じることもあるんじゃないかな」

太った少女の顔に、不安の色が浮かぶ。

「そんなことないよね」と振り向いて念を押すように訊いた。

背後の少女が黙ったまま視線をそらす。

太った少女が目を見開いた。「だって、あれだけ話したじゃない！」と声を上げる。「もうこんな状態には耐えられないんでしょ。あれはウソだったの」

「ウソじゃない。ウソじゃないけど……」と少女がか細い声で応じる。

一瞬、沈黙があった。

「でも、やっぱり死ぬのは怖いよ……」

二人が落下していく姿を想像した。背筋がゾクゾクする。

見てみたい――そんな衝動に駆られた。

男は一歩、前へと進み出た。少女たちが男を見る。もう一歩近づくと、男は足を止めた。ゆっくりと手を伸ばす。二人の少女は、ポカンと男の手を眺めていた。

不意に、ある考えが男の頭に浮かんだ――全身に電気が走る。

「つかまって」

男はそう口にしていた。二人の少女が驚いた顔を見せる。

「君たちと話がしたいんだ」

「話？」と太った少女が訝《いぶか》しげに訊き返す。

「そうだ」

「何の話？」

「君たちにできることがあるかもしれない」

「あたしたちに？」

「ああ」

これは神からの贈り物に違いない――男はそう考えていた。

自分たちで命を捨てようとしていた二人の少女、男が見つけなければ、今ごろ地面でトマトのようにつぶれていたはずだ。

好きに使ってかまわないよ――そんな声が聞こえた気がした。

少女たちは戸惑いの表情を浮かべている。

「命を捨てることはいつでもできる。その前に話ぐらい聞いてみたらどうだい」

線の細い少女と目が合った。濡れた瞳が男を見つめている。少女の滑らかな肌の上を、水滴が一筋、転がるように落ちていった。

＊＊＊

【天罰よ】J之内のクソについて【下れ】
1：名無し高校生さん：201X/11/03 (sat) 14:12:11

J之内はサイテーだ
わたしの親友を執拗にイジめる
親友は自殺まで考えたことがある

しかしJ之内はいつもニヤニヤ嫌がらせをする
陰険で陰湿で粘着質なイジメだ

あいつはいずれこの世から消す必要がある
きっと森のくまさんがあいつに目をつける日がくるだろう
せいぜいその日まで人生を楽しんでおくがいい、
J之内よ

2：名無し高校生さん：201X/11/08 (thu) 00:58:47
>>1
あんた、基地外だろ

6

運転手の声がよく聞こえなかった。「いくら」と訊き返す。

「千三百五十円」とぶっきらぼうに言われて、篠原裕子《しのはらゆうこ》はムッとした。

「あんたさあ、客商売でしょ。もう少し愛想よくできないわけ？」

「酔っ払い」運転手がボソリとつぶやく。

カチンと来た。「……今、何て言った？」

「何も」と運転手がシラを切る。

「ウソつくんじゃないわよ！」裕子は助手席の背もたれを蹴飛ばした。

「ちょ、ちょっと！」と運転手があわてる。「警察、呼びますよ」

「呼べばいいわ」と凄《すご》んでやった。「レイプされそうになったって言ってやるから」

「な……」運転手が目を丸くする。

「そんなことになったら、どうなるかしらねえ」

裕子はシートにもたれかかると、運転手を見やった。五十代後半だろうか。肌に染みが多く、顔の肉全体が垂れ下がっている。いかにもみすぼらしいオヤジだった。

「で、どうするの。呼ぶの、呼ばないの」と鼻で笑いながら訊く。

「……です」

「聞こえないんだけど」

「いい、です」

「いいってどういうこと？　呼んでもいいってこと？」

「……呼ばなくて、いいです」

「だって、呼ぶって言い出したの、あんたでしょ」

「……ません」

「すいません」

「だ、か、ら、さっきから聞こえないんだけど」

「声、小さくない？」

「すいませんでした！」

男が運転席から体をひねって頭を下げた。肩が震えている。いい気味だと思った。しばらく薄くなった頭頂部を眺めてから、「まあ、いいわ」と裕子は言った。

「それでいくらなの？」

男は裕子を見ると、「千三百五十円になります」と卑屈な笑みを浮かべた。

裕子は財布を取り出すと、一万円札を抜いた。シート越しに助手席へと放り投げる。

男の眉がピクリと動いた。

「お釣りはいいから」

「……え？」男が戸惑いの表情を浮かべる。

「お釣りは取っといて」

男がおそるおそるといった様子で、一万円札を手に取る。「でも……」と裕子を見た。

「いいから」と裕子は財布をしまった。「あたしも言い過ぎたみたい。だから、お詫《わ》びに取っといて」

男の口元が一瞬ほころぶ。「ほんとに、よろしいんですか」とうかがうように訊いた。

「もちろん」と笑顔で答える。

「ありがとうございます」運転手が一万円札を掲げるようにして、深々と頭を下げた。

裕子は優越感を覚えた。ささくれ立った気持ちが、やっと落ち着いてくる。

今日の帰り、店の前で客に待ち伏せされた。いや、それは正確ではない。裕子の中では、元客に格下げしている。店に来る金がなくなれば、その時点でもう客ではない。

——めぐみ、どうしてだ？

男は血走った目で、裕子を問いつめてきた。髪はボサボサ、無精ひげも生えて、最初のころのスマートさは微塵《みじん》もなかった。

思い出すと、怒りが込みあげてくる。他の子たちは「お先に」と通り過ぎながら、含み笑いを浮かべていた。明日にはその話題で、『めぐみ』の足を引っ張ろうとするに違いない。

失敗だったな――落ちぶれた様《さま》を絵に描いたような男を見つめながら、裕子はそんなことを考えていた。ちょっと見栄えがよくて金を持っていそうに見えたから、相手をしたのだ。しかし、クールを気取っていても、遊び慣れしていなかったのだろう。

裕子は男の胸を突いた。「この前、『消えてくれる？』って言わなかった？」

「めぐみ、俺は――」

「だから、うっとうしいんだって！」

「めぐみ……」

「ねえ、何か勘違いしてない。あたしはあんたの女じゃないのよ。あんたはあたしの客なの。金がなくなりゃ、関係がなくなるのは当たり前でしょ」

「でも――」

「もう一回あたしが抱きたいなら、金持ってきて」

呆然と立ち尽くす男を残したまま、裕子はその場を立ち去った。

腹立たしかった。この手のダークなイメージは、『めぐみ』のようなキャバ嬢にとってダメージが大きい。

裕子は見た目、特に美人とは言えない。化粧で多少は見られるようになるが、それでも他の子たちに比べると、ずいぶん見劣りする。それは自分でもよく分かっていた。

しかし、人気は別だ。指名では、常にトップクラスを維持している。それは、ひとえにイメージ戦略の賜物《たまもの》だった。

「地味」ではなく、「清楚《せいそ》」だと思わせるのだ。なんだかんだ言っても、男は女に貞淑さを求めている。恥じらい、はにかみ、上品さを保ちながら、ふとした瞬間にしな垂れかかる。大抵の男は、これで落ちる。

しかし、それが成功するには、あくまで『めぐみ』が清楚だと思われていなければならない。金がなくなったら、あっさりと男を切り捨てるようなイメージは致命的だ。

明日からしばらく店での風当たりが強いかもしれない。しかし、済んだことは仕方がない。どうせ一か月も経てば噂は消える。そこからまた稼げばいいと切り替えた。

「あ、そうだ」

タクシーから降りかけたところで、裕子は名刺を差し出した。

「もしよかったら、遊びにきてください」

「しかし……」と男は受け取るのをためらう。

「大丈夫ですよ。名刺もらったからって、料金は発生しませんから」

「じゃあ」と男が名刺を受け取った。めずらしい物でも見るかのように眺めている。

「一度きてくださいね」と裕子は『めぐみ』の笑顔で言った。「いっぱいサービスしちゃいますから」

裕子はタクシーが走り去るまで、笑顔で手を振っていた。タクシーが見えなくなると、真顔に戻りアスファルトに唾を吐く。

どうせあんな運転手、金なんかたいして持っていないだろう。しかし、世の中は何が幸いするか分からない。種はまくだけまいておいたほうがいい。

酔いでふらつきながら、裕子はマンションの入り口へと向かった。十一月になって、夜風がだいぶ身に染みるようになった。上空を見上げると、満月まであと少しといった月が光っている。ふと待ち伏せしていた男のセリフを思い出した。

——狙われても知らないからな。

裕子はフンと鼻で笑った。これまで、そんな度胸のある男は一人もいなかった。さんざん脅迫めいた言葉を吐いても、実行できる人間など実際にはいないのだ。今日の男だって、結局はそうだろう。せいぜい店の前で待ち伏せするのがいいところだ。

そういえば、一人だけ自殺したという噂を聞いたことがある。しかし、当てつけなら、遺書に名前の一つも残しているだろう。そんな話は聞いていなかった。

マンションの自動ドアが開く。それほど広くないスペースに、制服姿の少女がしゃがみ込んでいた。裕子が入っていくと顔を上げる。一瞬、見つめ合う格好になった。

「あの」と先に口を開いたのは少女だった。「このマンションの人ですか」

真面目そうな少女だった。小柄で線が細く、まだ女と呼べるような体つきではない。明るいエントランスの中で、染み一つない肌が艶やかに光っていた。

裕子だって、世間的に見れば充分に若い。しかし、少女の輝くような肌を、しかもこんな夜中に目の前にすると、自分が確実に歳を重ねていることを実感する。

裕子は少女から目をそらしながら、「そうだけど」と答えた。

「あの、あたし、このマンションに住んでるんです。でも、出かけるときに鍵を忘れてしまって、母は仕事で朝まで帰ってこないから、それで、それで――」

裕子は少女を見やった。見覚えはなかった。

「ここさえ入れれば、そのう、部屋には入れるんです。だから、えっと――」

「一緒に入りたいってこと？」

「はい」

裕子は改めて少女を眺めた。母親が朝まで帰ってこないということは、裕子と似たような仕事をしているのだろう。

「まあ、いいけど」と鍵を取り出した。「あなたはこんな時間まで何してたわけ？」

センサーにかざすと、オートロックが解除される。このマンションでは鍵を忘れると、中に誰かいない限り、外から開けることはできなかった。

「九時まで塾で、そのあとはずっとここにいました」

「九時からずっと？」

時刻は、すでに夜の十二時を回っている。

「はい」と少女が悲しそうな顔で頷いた。「すぐに誰か通ると思ったんですけど」

「それは、気の毒だったわね」

先に入ると、ドアを押さえてやった。「すいません」と少女が恐縮しながら中に入ってくる。手を離すと、ドアが閉まって再びオートロックのかかる音が聞こえた。

「だから、お姉さんが入ってこられたときは夢かと思いました」

お姉さんと呼ばれてくすぐったい気分になる。裕子には兄がいるが、オタクで大嫌いだった。小さいころは女姉妹、特に妹がほしいと思っていた。

少女がエレベーターのボタンを押す。先に中に入って、裕子のほうを振り返った。

「何階ですか」

「九階よ」

少女が「9」と「8」のボタンを押した。扉が閉まりエレベーターが上昇を始める。

裕子は回数表示を見上げる少女の横顔に目をやった。きめ細かな肌は本当に透けるように白い。少女がこちらを振り向く。

「どうかしましたか」

「肌、きれいだなと思って」

「お姉さんだって」

「あたしなんかもうダメよ。あなたに比べたら、おばさんだもの」

「そんなことないです。最初、すごくきれいな人が入ってきたなって思いましたから」

「やめてよ」

「ホントです」

お世辞でも褒められて悪い気はしない。ふとこの子と仲良くなりたいと思った。話しているだけで、ささくれ立った心が癒されそうな気がする。

回数表示が「7」から「8」に変わって、エレベーターが停止した。扉が開く。

「本当にありがとうございました」少女が会釈をして、エレベーターから出ていく。

裕子はあわてて〈開〉のボタンを押すと、「ねえ」と少女を呼び止めた。

「もしよければ、今度、部屋に遊びにこない？」

少女が驚いた表情を見せる。

裕子は急いで、「もちろん嫌ならいいけど」とつけ足した。

「嫌じゃないです」と少女が首を横に振る。「でも、いいんですか」

「こうして会ったのも何かの縁だしね」

少女がニッコリと笑った。「じゃあ、近いうちに遊びに行かせてもらいます」

「今日でもいいわよ」と思わずうれしくなって言った。

「さびしくなったらそうします」

「待ってるわ」

「おやすみなさい」と少女が頭を下げる。

「おやすみ」

〈開〉のボタンから指を離した。扉が閉まる瞬間、少女が悲しそうな顔をしたように見えた。すぐに姿が見えなくなる。

もしかしたら迷惑だったのだろうか。少々気になった。

九階に到着して、エレベーターの扉が開く。廊下を歩きながら裕子は苦笑いした。冷ややかに男を見捨てる自分が、あんな少女に気をもんでいるのは滑稽だった。

そういえば、名前を訊かなかったな——鍵を開けながら、ふとそう思った。

電気と暖房をつけると、冷蔵庫から缶ビールを取り出した。ソファに腰を下ろして、一口飲む。アルコールが体の隅々まで、じんわりと広がっていった。

今日はいつもより疲れた気がする。やはり店の前で待ち伏せされたせいだろうか。他人から負のエネルギーを受けると、必要以上に消耗するのかもしれない。

二口目のビールを口にしようとしたとき、インターホンが鳴った。

誰——?

一瞬、訝しく思ったが、すぐに「あ」と声を上げる。

さっきの少女だ。本当に来てくれたのだ。

裕子はうれしくなった。ビールをテーブルに置くと、そそくさと玄関へ向かう。何の話をしよう――そんなことを考える。

とりあえずは、名前を訊くところから始めるのがいいだろう。そのあとは、学校のことでも訊けばいいだろうか。さすがにキャバクラの話を聞かせるわけにもいかない。

「ちょっと待っててね」とドア越しに呼びかけた。急いでチェーンを外す。

あれ、部屋番号、教えたっけな――。

そんな疑問が頭をかすめたのは、ドアを開けたあとだった。

「お待たせ」と裕子は笑顔で出迎えた。

＊＊＊

森のくまさんからのおしらせ［11／10］

1：森のくまさん：201X/11/10 (sat) 05:25:29

クソ容疑者：めぐみこと、篠原裕子（24）

クソ生息地：中野区東中野

クソ罪状：さんざん男に貢がせたうえでのポイ捨て
クソランク：☆☆☆
クソ判決：処刑

この女もサイテーでクソでした
他人はちゃんとリスペクトしないとね
そういう奴にはお仕置きです

以上、よい子の味方、みんなのヒーロー、
森のくまさんからのおしらせでした

2：森くまウォッチャー：201X/11/10 (sat) 05:26:33
ありがとう、森くま
また住みやすくなったよ

7

「あそこじゃない」

　ひよりが指差した先には、「ダイニングバー・トラットリア」と書かれた看板が路上に置かれている。

「そう、みたいだね」と答えながら菜々美は立ち止まった。

　ひよりも足を止める。「どうしたの」と振り返った。

「……やっぱり、やめとこうかな」

「やめる？」ひよりが首をかしげる。「どうして」

「だって――」と菜々美は再び看板に目を向けた。シェフが笑顔でフライパンを振っている。「まーくんに来るって言ってないから」

　まだ五時半だが、あたりはすっかり暗くなっていた。ここのところ日が暮れるのが早い。この時間だと、ずいぶんと気温も低かった。

　金曜日の渋谷は、大勢の人たちであふれていた。それでも、今いる場所はまだ人が少ないほうだ。道玄坂から二本ほど奥に入った通りにいた。

ダイニングバー・トラットリア——そこが正則から聞いているバイト先だった。ただし、実際に来るのは初めてだ。

「ここまで来たのに？」ひよりが不思議そうに訊いてくる。

それはそうだろう。わざわざ頼んで付き合ってもらったのだ。それなのに突然やめると言われても、意味が分からないに違いない。

(今度、バイト先に遊びにいってもいい？)

前にそう質問したときの、正則の反応が気にかかっていた。あの反応はどう見ても、歓迎しているようには見えなかった。

どうして嫌がる必要があるのだろう。働いている姿を見られるのが恥ずかしいのだろうか。それとも、職場に彼女が来ることに抵抗があるのだろうか。

それならそれでかまわなかった。そう言ってくれれば、菜々美は無理やり来ようと思ったりはしない。しかし、あのとき正則は「もちろん」と答えたのだ。ただし、菜々美とは一切目を合わせずに。

考え出すと胸が苦しかった。

こんな気持ちは初めてだ。これまでは楽しいと思ったことしかなかった。しかし、こうなってみて、初めて恋愛がつらいものだと思い知らされていた。

ふと気づくと、ひよりが菜々美を見つめていた。

「あたしはどっちでもいいよ」と言う。「好きにしな」

無理に理由を聞こうとしないことがありがたかった。ひよりとの付き合いは中学からと長い。こういうときは、菜々美の気持ちを最大限に尊重してくれる。

今日はやめておいたほうがいいかもしれない、そう思った。

こんなやり方は、誠実でない気がする。これでは単に菜々美の勘違いであったとしても、正則は嫌な気分になるかもしれない。

「やっぱり——」

やめると言おうとしたとき、店から男の人がちりとりとホウキを手に出てきた。真っ白なシャツに黒いズボン、腰にはグレーのエプロンを巻いている。

目が合うと、男性が眉をひそめた。ジッと菜々美を見つめてくる。菜々美も男性を見つめた。首をかしげる。どこかで見たことがある気がした。

あ、と先に声を上げたのは男性のほうだった。こちらへ歩み寄ってくると、「君、合コンにいた子でしょ」と訊いてきた。

「……合、コン？」

「ほら、覚えてない？　あの一年ぐらい前にやった合コン」

菜々美が行った「合コン」は一度しかない。正則と出会ったときの「合コン」だ。

「美香《みか》が企画した合コンのこと？」とひよりが訊いた。美香とはあのとき菜々美を誘ってくれた友だちだ。

「そうそう」と男性がうれしそうに言う。「俺、美香の彼氏。もう別れちゃったから元彼だけど」

そういえば、こんな男の子がいた気もする。どおりで見たことがあるはずだ。

「君、あのとき、九門くんとずっと話してた子でしょ」

「ええ、まあ……」

「偶然だなあ。たまたま通りかかったの？」

「いや、その――」とひよりを見る。

「違うわ」とひよりが答える。「ここで九門くんが働いてるって知ってて来たの」

「へえ」と男性が意外そうな表情を見せる。「でも、今日は九門くん、いない日だよ」

「え？」とひよりと菜々美は同時に声を上げた。

「彼、金曜日は休みだからね」

「でも――」と菜々美は動揺した。状況がすぐには飲み込めない。

「たまに入ってることもあるけどね。金曜は基本的に休み」

まーくんが、いない？

菜々美は呆然とした。意味が分からなかった。金曜日は毎週バイトだと正則から聞いている。これはいったいどういうことだ。

「今日はデートじゃないかな」

「ウソ……」とつぶやいた声は小さすぎて、たぶん男性には聞こえなかった。

「彼、モテるからね。この辺りでもよく女の子連れてるとこ目撃されてるよ。俺も見たことあるし」

頭を殴られた気分だった。菜々美は正則と一緒に渋谷に来たことはない。

「ねえねえ」と男性が顔をのぞき込んでくる。

距離が近くて、ギクリとした。「……なんです？」

「君、あれから九門くんとつながってるの」

なんと答えたらいいのか分からない。

「まさか、付き合ってるわけじゃないよね」

困ってひよりを見た。

「付き合ってたら、ダメなの」とひよりが訊く。

「ダメってわけじゃないけどねえ」と男性が苦笑いする。「おススメはしないかなあ」

「どうして？」

「さっきも言ったけど、彼、モテるからさ。泣かされてる女の子、多いと思うよ」

ひよりが横目で菜々美を見ながら、「それ、ホント？」と男性に質問した。

「本人に訊いてみたら？」男性が意地悪そうな笑みを浮かべる。

菜々美は何も考えることができなかった。まさかここに来て、正則の悪い噂を聞かされるとは思ってもみなかった。

しかし、噂は真実でないかもしれない。この男性が正則に嫉妬して、わざとよくない話を吹き込んでいる可能性もあった。

しかし、バイトのことは別だ。今日が休みだとは一言《ひとこと》も聞いていない。それどころか、基本的に金曜が休みというのも初めて聞く話だった。

嘘をつかれた――。

どうしたらいいのか分からず、菜々美は途方に暮れた。

「とにかく、九門くんはやめたほうがいいよ」と男性が続けた。「それよりさ、君、改めて俺と合コンしない？」

初めて男性の顔をマジマジと見つめた。眉が整えられている。肌もキレイに日焼けしていた。口元に浮かべた笑みが、いかにも軽薄そうに見える。

「全員、ちゃんとT大生でそろえるからさ。ね、やろうよ」男性がひよりを見た。「君も一緒にどう？」

そうか、この人もまーくんと同じT大生なんだな――。

ぼんやりとそんなことを考えていた。

「行こ、菜々美」とひよりが肩に手を回してきた。「今日は帰ろう」

菜々美はコクリと頷くと、ひよりに連れられて歩き出した。足元がフワフワしている。現実感がまるでなかった。

「あ、ねえ、ちょっと待ってよ」と男性が声をかけてくる。「マジでやろうって。連絡先、教えてよ」

ひよりがクルリと振り向くと、「バーカ」と舌を出した。

＊＊＊

【まだまだ】森くま、六人斬り達成！【終わらない】

1：森くまウォッチャー：201X/11/10 (sat) 19:21:44
六人目の被害者か？ 森のくまさん事件
　10日午前9時過ぎ、中野区東中野のマンションの一室で女性の刺殺体が発見された。被害者はこの部屋に住む飲食店従業員の篠原裕子さん（24）。
　警視庁中野署がネットの掲示板に犯行声明が出ているとの通報にしたがって部屋を調べたところ、篠原さんが遺体で発見された。死亡推定時刻は同日の深夜一時から三時と見られている。

同署は現在都内で連続して発生している殺人事件、通称「森のくまさん」事件と関連があるとみて調べている。

同一犯だとすると、これで八月から数えて六人目の被害者となり、警察に対する世間の風当たりはいっそう強まることが予想される。また模倣犯の可能性も指摘されており、年末に向けて一刻も早い事件の解決が望まれる。

前スレ：【正義か？】森くま、ついに五人目！【悪か？】
http://xxxxx/xxxxx/xxxxx/xxxxx/xxxxx/

2：森くまウォッチャー：201X/11/10 (sat) 19:24:15
また一人、バカが消えた

8　ある夏の夜（その三）

雨は相変わらず、夜空に細い線を描き続けていた。夏にはめずらしく、シトシトと降り続いている。春や秋に降る雨のようだった。

男は少女たちと屋根のある場所に移動していた。二人は、ハンドタオルで濡れた体をふいている。チラリと盗み見た。小柄な少女に目が釘《くぎ》づけになる。濡れた髪が顔にかかっていた。制服から透けた下着が、やけになまめかしい。

気づくと、もう一人の少女がジッと男を見つめていた。さりげなく視線を外して、コンクリートの壁にもたれかかる。

「どうして死のうと思ったんだい」

静寂が辺りを包む。遠くで、クラクションの音が聞こえた。

「あたしたちのことはほっといて」と太った少女が答える。

「こうして関わった以上、そうですか、とは言えないだろう」

「勝手に関わってきたくせに」

「これも何かの縁だ。せっかくだから、理由を話してくれないか」

「話したら、どうにかしてくれるの？」

「内容によっては」

少女が鼻で笑った。「大人はいつもそう。必ず逃げ道を作ろうとする」

男は苦笑いした。「手厳しいな」

「だって、そうじゃない」

「分かった。じゃあ、約束する。絶対に君たちの力になるよ」

「絶対とか、いい加減なこと言わないで」

「いや、絶対になる」

「どんなことでも?」

「そうだ」

「じゃあ――」と少女が挑戦的な目で男を見る。「人を殺して」

「いいよ」男は即答した。

少女がポカンと口を開けて、男をマジマジと見つめた。

「……あんた、何、言ってんの」

「いいよって言ったんだ」

「バカ言わないで!」少女がヒステリックな声を上げた。「そんなことできるわけないじゃない。適当なこと言わないでよ」

「どうしてできないなんて決めつけるんだ」

「だって――」と言いかけて少女が言葉を切る。訝しむように男を見た。

「あんた、頭、大丈夫?」

男は小柄な少女を見た。優しく微笑みかける。

「ただし、誰でもってわけじゃない。その相手がどういう人間かによる」

小柄な少女はジッと男を見つめていた。

「……どういう人間ならいいのよ」太った少女が疑い深そうに訊く。

男は太った少女のほうを向いた。顔がブルドッグのように下膨れしている。反射的に嫌悪感を覚えた——きたねえガキだな。

「世の中にとってロクでもない人間なら」と男は答えた。

「ロクでもないって？」

無視して、小柄な少女を見た。相変わらず真剣な目で男を見つめている。

「だから、教えてほしい」と男は言った。「その殺したい相手がどういう人物なのか知りたいんだ」

太った少女が困惑したように小柄な少女を見やる。まるで顔色をうかがっているかのように見えた。

「でも——」と口を開いたのは小柄な少女だった。

「そんなこと、どう考えてもムリですよね」

「そう？」

「だって、殺人じゃないですか」

少女がチラリと太った少女を見やる。太った少女はウンウンと頷いた。

「殺人だったらどうしてダメなんだい」と男は訊いた。

「どうしてって……」少女が戸惑いの表情を浮かべる。

「そんなの当たり前でしょ」太った少女が代わりに答えた。「人なんて、そんな簡単に殺せるわけないじゃない。それに――」と言葉を切ると、男を観察するように眺めた。それから確信したように頷くと、「あんたにできるわけないわ」と断言した。

男は小さくため息をついた。この少女たちは、何も分かっていない。

男がどれだけ純粋に「正義」を愛しているのかを、男がどれだけ真剣に「悪」を憎んでいるのかを、この少女たちは何一つ分かっていない。

「殺人がなぜダメだと思う」男は小柄な少女に向かって話しかけた。

「それは――」と小柄な少女が少し考える。「やっぱり法律に違反してるから……」

「そうだね。ほとんどの人はそう考えるだろう。でも、それは間違いだ」

「間違い？」

「法律とは、あくまで時の為政者が自分たちに都合よく作りだしたものだ。だから、『法律違反』イコール『悪』という図式はそもそも成り立たない」

少女たちが顔を見合わせる。「どういう意味ですか」と小柄な少女が訊いた。

「つまり、法律に違反してるから悪、違反してないから正義というわけじゃないんだ。そう考えると、殺人だから必ずしも悪ということにはならない。正義の殺人もあるということだ」

「正義の殺人……」

「そうだ。正義の殺人だ」

男には小さいころからの夢があった。悪い奴らを倒すヒーローになりたいという夢だ。絶対的な力を手にして、悪い奴らを片っぱしからやっつけていく、いつかそんなヒーローになりたいと思っていた。

「それが正義の殺人なら、僕は迷わず自分の手を汚す。たとえ法律を犯そうとも、それが世の中のためになるのなら、僕は進んで汚れ役を引き受けるよ」

そう、それこそが真のヒーローというものだ。

「口だけなら、いくらでも言えるわ」太った少女がフンと鼻を鳴らす。「でも、実際にそんなことムリでしょ」

「どうしてそう思う」

「だって、捕まるじゃない」少女が小馬鹿にしたように言った。「いくら正義の殺人でも、捕まったらどうしようもないわ」

男は笑った。「なんだ、そんなことか」

「そんなこと？」少女が怪訝《けげん》そうな表情を見せる。「大切なことでしょ」

「要は、捕まらなければいいだけの話だ」

「そんなのムリよ」

「日本における殺人事件の検挙率を知ってるかい」

「……何よ、突然」

「毎年、九十五パーセント前後だ。つまり、殺人事件が百件起これば、九十五件で犯人が逮捕されている。数字から見ると、人を殺した人間はほとんど逃げ切れていない」

「やっぱりムリじゃない」太った少女が皮肉めいた笑みを浮かべた。「つまり、日本の警察が優秀だって言いたいだけでしょ。それって自演？」

男は笑い返した。やっぱりこのアホウは何も分かっていない。

「確かに、日本の警察は優秀だ。治安がいいのは、警察のおかげだと言ってもいい」

「ほら、やっぱり――」

「しかし、僕が言いたいのはそういうことじゃない」男は遮って続けた。「日本の警察でさえ、なかなか殺人犯を逮捕できないケースが存在する」

少女が眉をひそめる。「どういうこと？　検挙率が高いんでしょ」

「あるケースの場合に、検挙率が格段にダウンするんだ」

「どういう場合ですか」と勢い込んで訊いてきたのは、小柄な少女のほうだった。

男は少女を見て笑った。「被害者と加害者の間に接点がない場合だよ」

「……接点がない？」

「最近、犯罪が凶悪化してるという話をよく耳にしないかい」

少女がコクリと頷く。

「しかし、あれは正確ではない。犯罪は昔から凶悪なものだ。正確には、犯罪は凶悪化しているのではなく多様化している。色々なタイプの犯罪が増えてきてるんだ」

「多様化……」

「それは殺人事件も同じだ。昔はほとんどの場合、被害者と加害者の間に人間関係が存在していた。そのため程度の違いこそあれ、動機は怨恨、痴情、金銭目的のいずれかだった。でも、今は違う。被害者と加害者に面識がないことも少なくない」

「だから、なんなの」と太った少女が苛立《いらだ》ったように訊いた。

「そういった場合、犯人の特定は難しくなる」

「なんでよ」

「いくら被害者の周囲を捜しても、犯人にたどり着けないからだ。警察はまず被害者の人間関係を洗う。周辺にトラブルはなかったか、人から恨みを買うことはなかったか、そういった線から捜査を進めていく。しかし、二人の間にまったく接点がなければ、いくらその手の捜査をしたところで、永遠に犯人にたどり着くことはない。永遠にだ。その場合、殺人事件の検挙率は一気に低下する」

「だから、何?」

「だから、それを利用すれば人を殺しても捕まらない」

「利用？　どうやって？」

「知らない人間が殺せばいいんだ」

「は？」

「たとえば――」男は二人の少女を交互に見やった。「君たちが憎んでる人間を僕が殺したら捕まると思うかい」

少女たちが目を見開く。二人とも驚愕《きょうがく》した表情で、男を見つめていた。

「さあ――」と男は笑った。「何があったか話してくれるかな」

＊＊＊

悪徳会社ＳＫ化粧品について

３２８：メイクななしさん：201X/11/13 (tue) 11:07:01
昨日、また責任者の女が
来ました

３２９：メイクななしさん：201X/11/13 (tue) 11:13:22
「だいぶよくなりましたね」

とぬかしました

330：メイクななしさん：201X/11/13 (tue) 11:25:50
この腫れあがった顔の
どこがよくなったんでしょうか

331：メイクななしさん：201X/11/13 (tue) 12:28:42
あのバカ女の顔も
同じ状態にしてやりたいです

332：メイクななしさん：201X/11/13 (tue) 12:59:00
みなさん、ここにも
書きこんでください

333：メイクななしさん：201X/11/13 (tue) 13:40:19
みなさん、お金を渡されて
ダンマリを決めこんでるのですか

9

南板橋総合病院502号室——。

病室の窓からは、よく晴れた青空が広がって見えた。秋晴れの土曜日、行楽地はきっと多くの人たちでにぎわっているだろう。

「わざわざ、ごめんなさいね」申し訳なさそうに佐藤登紀子《ときこ》が出迎えてくれた。背後を振り返って、「ほら、あなた、若林さんたちが来てくれたわよ」と呼びかける。

「先輩、ご無沙汰してます」と健介が頭を下げた。

しかし、ベッドからの反応はない。

登紀子の足元では、娘の友梨亜《ゆりあ》がひよりをジッと見上げていた。

ひよりは屈《かが》み込むと、「こんにちは」と笑顔で言った。

友梨亜がコクリと頷いた。母親のスカートを握りしめている。

「これ——」と先ほど駅前で買ってきたお菓子の箱を差し出した。友梨亜の大好物だ。

「パパのお見舞いに持ってきたの。友梨亜ちゃん、もらってくれる?」

友梨亜が母親を見上げた。

「いつもすいません」と登紀子が恐縮する。

「どうぞ」とひよりがさらに箱を差し出すと、友梨亜が口元をゆるめた。箱を受け取ると、再び母親を見上げる。

「いいわよ」と登紀子が頷く。「テーブルで食べてらっしゃい」

友梨亜の表情がパッと明るくなった。ひよりを見てニッと笑う。ソファのほうへ行くと、さっそく箱を開け始めた。

「まだダメなんですね」と健介が小声で訊く。

「ええ……」と登紀子がため息まじりに応じた。「でも、最近、あれはあの子なりの願掛けなんだろうと思うことにしてます。きっと――」と背後を振り返る。「この人が目を覚ませば、あの子も口を利いてくれるでしょう」

ベッドでは、目を閉じた佐藤雄二《ゆうじ》郎《ろう》が穏やかな顔で横たわっていた。鼻がチューブでつながれていること以外、元気だったころと特に変わった様子はない。ヒゲもきれいに剃《そ》ってあった。登紀子がマメに手入れをしているのだろう。

「まるで眠ってるみたいでしょう」と登紀子が言う。「今にも以前のように、ガハハッて笑いだしそうに思えてしょうがないの」

登紀子がひよりを見て、力のない笑みを浮かべる。その表情には、疲れがにじみ出ていた。直視することができず、ひよりは「そうですね」と答えながら目をそらしてしまった。

板橋警察官襲撃拳銃強奪事件——。

今年の八月十一日、交番で勤務中の警官が襲われ、拳銃を奪われる事件が発生した。のちに森のくまさんの最初の事件と認定される殺人が起こる少し前のことだ。

事件は、マスコミでも大きく取り上げられた。警官がターゲットにされたことから、警視総監自ら、「全力で早期解決を目指す」とカメラの前で宣言し、数多くの捜査員が投入された。

警官を襲った犯人は、交番の防犯カメラを巧みによけて犯行に及んでいた。そのため、当初から周辺に詳しい人物の犯行との見方が強く、襲われた警官が地元の不良グループから一目《いちもく》置かれる存在だったこともあって、警察は彼らに対して徹底的な捜査を行った。

しかし、威信をかけた捜査にもかかわらず、三か月経った今も犯人は逮捕されていない。奪われた拳銃も見つかっていなかった。ただし、今ではマスコミの注目度は低く、森のくまさん事件とエスケイ事件の陰にすっかり隠れてしまっている。

この事件の被害者が、健介が新人時代にお世話になった先輩の佐藤雄二郎巡査長だった。健介曰《いわ》く、「警察官のイロハを教えてもらった」人物だ。

佐藤は体が大きく、ガハハと豪快に笑う人だった。菜々美や正則を交えて、一緒に食事をしたこともある。警察官僚を目指すという正則には、「将来の上司だ」と冗談を飛ばしていた。交番勤務に関して訊かれたことにも喜んで答えていた。面倒見のいい人なのだ。

健介のほかにも、佐藤を慕う後輩は数多くいるという。後輩には「偉くなれよ」と言うのが、口癖だったらしい。しかし、本人は交番勤務にこだわっていて、パトロールに出ては、困っている老人や学校帰りの子どもに声をかけるのが好きだったそうだ。

事件の際、防犯カメラには、背後から何度も頭を殴られる佐藤だけが映っていたという。発見されてから現在まで、佐藤の意識は一度も戻っていない。

娘の友梨亜は事件後、ベッドに横たわる父を見てから言葉を発しなくなってしまった。妻の登紀子も会うたびに老《ふ》けこんでいる。二人とも、先の見えない状態に苦しんでいるのだろう。

佐藤が襲われたことに、健介も強いショックを受けているようだった。陰のある表情を見せるようになったのは、あれ以来だ。自分の班が担当にならなかったことも、苛立ちに拍車をかけているのかもしれない。その罪滅ぼしなのか、時間が空くと、必ずこうして見舞いに訪れていた。ひよりも何度かそれに付き添っている。

健介がふと気づいたように、「あれは？」と登紀子に訊いた。視線の先には、ハンガーにかけられた警官の制服が下がっている。

「ああ」登紀子が制服を見て微笑む。「先日、持ってきたんです」とお菓子を食べている友梨亜を見た。「あの子が持ってけって言うものですから」

「友梨亜ちゃんが？」

「もちろん、無言で突き出しただけですよ。でも、気持ちは分かるんです」登紀子が横たわる佐藤を見た。「この人にとって、制服は特別です。近くにあれば、また着たいって起き出してくるかもしれませんから」

登紀子がひよりを見た。「この人、高校のころは荒れてたんですよ」

「そうなんですか」

意外な気がした。昔から正義感あふれる人物だったと勝手に想像していたからだ。

「でも、卒業前に急に目覚めたそうなんです。このままじゃいけないって。それで一念発起して、警察官の採用試験を受けたんですって。でもね――」登紀子がクスリと笑う。「見事に落ちたそうです」

「へえ……」

健介を見た。窓の外を眺めている。すでに知っている話なのかもしれない。

「それはそうですよね。不良高校生がいきなり警察官になりたいじゃ、信用なんてされるはずもありません」

「それでどうしたんですか」

「結局、合格するまでに三回落ちたそうです」

「三回も?」

「だから、受かったときは、本当にうれしかったそうですよ」登紀子がハンガーにかかった制服を見た。「初めて袖を通したときは、生まれ変わった気分になったそうです。だから、この人にとって警察官の制服は特別なんです」

「そんな先輩が襲われるなんて理不尽な話です」健介が吐き捨てるように言った。「さぞかし、悔しかったと思います」

登紀子がため息をついた。「先日、責任者の方がいらして、この人の交友関係に問題があったんじゃないかって言われました」

健介の表情が厳しくなる。「どういう意味です?」

「この人が、地元の不良の子たちと親しくしていたせいで、今回の事件が起こったんじゃないかって」

「……なんですか、それ」

「自業自得だって言いたかったんでしょうね」

「くそっ、あの管理官」健介が小さく舌打ちをした。

「この人が聞いたらショックだと思います」登紀子がさびしそうに言った。「この人はよかれと思って、彼らの相談に乗ってたわけですから。それが非難されるなんて」

「先輩がやってたことは間違ってません。あいつらは必ずしも悪い奴らじゃありません。分かってやる大人が一人でもいれば、本当におかしな道に踏み出す可能性は少なくなります。だから、先輩はあいつらと積極的に関わったんです。間違っているのは、それを非難する警察組織のほうです。現場を知らない上の人間たちの勝手な言い分ですよ。犯人が逮捕できない責任を、先輩に押しつけてるだけです」

「滅多なことは言わないほうがいいですよ」と登紀子がたしなめる。

「とにかく、今の世の中はおかしいんです」健介は気にせず続けた。「先輩のような人がこんな目にあわされて、つまらない犯罪者が大手を振って歩いている。間違ってると思いませんか」

登紀子がジッと健介を見つめた。

健介が戸惑いの表情を浮かべる。「何です?」

「少し休め」登紀子がいきなり命令口調で言った。

え、と健介が面食らったように訊き返す。

登紀子が笑った。

「今のあなたを見たら、この人はそう言うと思うわ」と夫を振り返る。

「……そうでしょうか」

「あんまり思いつめないでね」

「思いつめてるわけじゃありません」

「この人も、そんな若林さんは見たくないと思うわよ」

健介はそれ以上、答えなかった。健介の横顔を眺めながら、ひよりは気づかれないように、小さくため息をついた。

＊＊＊

【天罰よ】 J之内のクソについて 【下れ】
12：名無し高校生さん：201X/11/17 (sat) 23:58:37
今週もJ之内はあいかわらずサイテーだった
わたしの親友に対してのイジメはとまらない
それどころかますますエスカレートしている
わたしがいるときはいいがいないとひどい
わたしの愛する親友はもう心が壊れかけている
見ているこちらのほうがツライ

森のくまさん、まだですか
早くJ之内を処刑してください

13：名無し高校生さん：201X/11/20 (tue) 01:23:55
>>12
本気なら相手の本名書かなきゃね、基地外ちゃん

10

うどんをすすっていたひよりが、ふと気づいたように顔を上げた。

「菜々美」と声をかけてくる。

ぼんやりと皿のパスタをつついていた菜々美は、「ん？」と顔を上げた。

「鳴ってるよ」ひよりが顎でテーブルの上の携帯電話を差す。

見ると、液晶が光っていた。「着信中」と表示されている。その下には、電話をかけてきた相手の名前も出ていた。

「そう、だね」と答える。

「そうだねって――」

ひよりが画面をのぞき込んで言葉を切った。電話の相手が見えたのだろう。

菜々美はしばらく光る画面を見つめていた。「着信中」の表示が、やがて「留守電作動中」に変わる。さらに「録音中」から「切断中」に変わり、最終的に光を失った。

ひよりと二人で学食に来ていた。午後三時、少し遅めの昼食だ。

ひよりが再びうどんをすすり始める。菜々美は小さくため息をつくと、フォークを皿の上に置いた。頼んではみたものの、結局、口をつけていない。

「ちゃんと食事はしてるの？」とひよりがこちらを見ずに訊く。

「まあ、ボチボチは……」

嘘だった。ここ一週間、食事らしい食事はとっていない。

ひよりがドンブリを持ち上げた。つゆを一気に飲み干すと、フーッと息をついて口元をぬぐった。テーブルに両肘をつくと、菜々美を見据える。

「おぬし、腹が減っては戦《いくさ》はできぬぞ」

「……え？」

ひよりがニッと笑った。「食べなきゃ体こわすだけよ。一口でいいから食べな」

「でも……」

「意外と食べ出したら、食べれるもんだって」

心配してくれているのだろう。その気持ちはうれしい。

菜々美はフォークを手に取ると、無理やり一口食べてみた。久しぶりの固形物が喉を通っていく。

もう一口、食べた。もう一口、もう一口——。

気づくと、全部たいらげていた。顔を上げると、ひよりがあきれた顔をしている。

照れ隠しに「食べれちゃった」と言ってみる。

「無心で食べる光景は、ちょっとしたホラーだったわよ」

「……ごめん」と肩をすくめる。

ひよりが笑った。「それだけ食べれるんなら平気ね。そういうのって気持ちの問題だから、ムリにでも食べたほうがいいのよ。体自体は栄養を欲してるんだから」

「うん、欲してた」

「じゃあさ——」とひよりが悪戯《いたずら》っぽい目をする。「ついでに甘い物もいっとく？」

結局、二人ともケーキを買い足して改めてテーブルに着いた。

「九門くんの電話、無視してるの？」とひよりが訊く。ケーキを口に放り込んだ。

「無視してるつもりはないんだけど……」と菜々美もケーキを口に運ぶ。

「でも、ずっと出てないんでしょ」

「うん」

「だったら、無視してんじゃない」

「だって、出ても何話したらいいのか分かんないから」

「でも、話さないともっと分かんないわよ」

「そうなんだけどね……」とため息をつく。

正則のバイト先に行ってから一週間が過ぎていた。あの日以来、正則の電話には出ていない。もちろん会ってもいなかった。突然の出来事に正則は戸惑っているだろう。嘘をつかれていたことのショックは、思った以上に大きかった。単にバイトの日をごまかしていただけならいい。しかし、渋谷で女の子を連れているところを目撃されているのだ。菜々美は正則と一緒に渋谷に行ったことはなかった。

考え始めると、胸が苦しくなる。再び胃の辺りが重くなってきた。どうすればいいのか分からなかった。このままでいいとは思っていない。かといって、考えれば考えるほど分からなくなってしまう。

今の状態で電話に出たとしても、何か話ができるとは思えなかった。怒ることも、泣くことも、問いつめることもたぶんできない。ただ、電話口で黙っていることしかできそうになかった。

いったい、どうすればいいのだろう。

「焦る必要はないけどね」ひよりがケーキを食べながら言う。「ただ、あんまりほっとくと、取り返しのつかないこともあるよ」

「分かってる」

「分かってればいい」ひよりがニッコリと笑う。「でも、一人で悩んじゃダメよ。いつでも相談してね」

「ありがと」

「たとえ健介さんとダメになっても、うちらは一生の友だちなんだから」

え、と菜々美は目を丸くした。「お兄ちゃんとダメになったの？」

え、とひよりも目を丸くする。ブルブルと首を横に振った。

「たとえよ、たとえ。不吉なこと言わないで」

菜々美はホッと息をついた。「よかった……」

「でもねえ……」とひよりがため息をつく。「うまくいってないのは事実なんだよね」

「土曜日はデートしてたんでしょ」

「佐藤さんのお見舞い」

「あ、そうなんだ」

佐藤のことは菜々美もよく知っている。菜々美にとっては、もう一人の兄のような存在だ。正則を紹介したときは、「菜々ちゃんも大人になったなあ」と感慨深げに言っていた。

その佐藤は夏以来、意識不明で入院している。菜々美も正則と一緒に何度かお見舞いに板橋まで足を運んでいた。そのたびに、佐藤の妻と娘を見てつらい気持ちになる。あの二人に比べれば、自分のつらさなどきっとマシだ。比べること自体、おかしいのかもしれないけど。

「健介さん、少し変わった気がしない？」とひよりが言った。

「そう……かな」と首をひねる。

しかし、それは菜々美も感じていることだった。

特に、表情が暗くなった。いつも何か思いつめたような顔をしている。以前は事件の捜査中でも、「切り替えが大事だから」と明るく振る舞うことが多かった。しかし、ここしばらくはまともに笑った顔を見ていない気がする。

「佐藤さんが襲われたあとからなんだよね。やっぱりショックだったのかな」

「お世話になった人だもんね」

「土曜の見舞いのとき、今の世の中はおかしいって言ってた」

「世の中？」

「佐藤さんのような人が襲われて、犯罪者が大手を振ってるからだって」

「それって、くまさんのこと？」

「知らない。でも、そうかもね」

「佐藤さんの意識が早く戻るといいのにね」

「そうだね」ひよりがため息をつく。「そうすれば健介さんも少しは落ち着くと思う」

「ひよりちゃんも苦労が絶えないね」

「あんたに言われたくないわよ」

「それもそうだね」と菜々美は力なく笑った。

確かに、人の心配をしている場合ではない。菜々美は残っていたケーキを無理やり口の中に押し込んだ。

＊＊＊

森のくまさんへのお願い［11／29］

1：森くまウォッチャー：201X/11/29 (thu) 00:51:42
都内に住む24歳のOLです
先月、会社の帰り道でレイプされました
気が遠くなるほど顔を殴られたうえで犯されました

警察に届ける気はありません
身体検査や取り調べには耐えられないからです
取り調べは二度目の「レイプ」と同じだと聞きました
私はあれ以来、部屋を暗くすることができません
狭い部屋に入ると、車の中を思い出して震えてきます

あの男こそ裁かれるべきです
男の名前は酒井克明といいます
服を脱ぐとき落ちた免許証で分かりました
車は黒っぽい乗用車です
車種は分かりませんが、ナンバーは覚えています
どうか私の思いを聞き入れてください
吉報を楽しみに待っています
酒井克明の住所
武蔵野市八幡町四―×―×　クオリティ武蔵野　1706号室

車のナンバー：多摩500　な　XX―XX

2：管理者さん：201X/11/30 (fri) 09:58:04
>>1
この書き込みは問題があると判断したため管理者が削除しました。

11　ある夏の夜（その四）

小柄な少女の話を聞き終えると、男は神妙な顔でそう頷いた。

「ひどい話だね」

「死んだほうがマシだと思った気持ちも分かるよ」

「ホントですか」少女は目に涙をためて、男を見上げた。

「もちろん」男はそっと少女の腕に触れた。ぬくもりが感じられる。

「イジメとは、サイテーかつサイアクな行為だからね」

できる限り優しげな表情を作って、少女の顔をのぞき込む。

しかし、内心は馬鹿馬鹿しいと思っていた。イジメなど耐えればいいだけの話だ。

もちろん、イジメをする奴はくだらない。死んだほうがいい。しかし、男に言わせれば、イジメに屈する奴も五十歩百歩だ。ただ、わざわざそれを伝える必要はない。

「君も大変だったね」と太った少女の肩に手を置いた。「一緒に死ぬ決心をするのは、並大抵のことじゃなかっただろう」

「別に。この世に未練なんかないし」

「親友だな」と男はわざと言ってやった。「二人を見てると、これぞ親友だと思うよ」

太った少女は口元をほころばせた。しかし、小柄な少女は眉をひそめている。男はそれを見てほくそ笑んだ——かわいそうに、片思いか。

「君たちは、その相手をどうしてやりたいんだ」

「殺したいに決まってるでしょ」と太った少女が即答した。「あいつさえいなきゃ、明日香《あすか》は自殺しなくてすむんだから」

「君は?」と男は『明日香』に訊いた。

「あたしは——」と明日香が口ごもる。「もし、できるんなら……」

「殺したい?」

「当たり前でしょ」と太った少女が口を挟んだ。「訊くまでもないわ。それができないから死のうとしたんじゃない」

「だったら——」と男は笑った。「そいつを殺すことにしよう」

明日香が目をまん丸に見開く。「……ホントですか」

「ホントだ。そんなサイテーな奴は殺されても自業自得だ」

「あんた、本当に――」という太った少女の言葉を遮って男は続けた。

「ただし、今はムリだ」

え、と少女二人が同時に声をもらす。

「今はまだその時期じゃない」

雨が頬を濡らしていく。先ほどより小降りになった気がした。

「ちょっと！」と太った少女が声を上げる。「あたしたちのことからかってんの」

「からかってなんかいないさ」

「じゃあ、なんでムリなのよ」

「今はムリだって言ったんだ」

「今は、、、？」

「そのクソったれなイジメっ子を殺すには、殺してもいい環境が必要だ」

「環境？」

「たとえば今、僕がそのイジメっ子を殺したとしよう。その場合、疑われるのは誰だ？」

二人が顔を見合わせる。

「当然、君たちだ。たとえ完璧なアリバイを用意しても容疑を免れることはできない」

「でも、アリバイがあれば逮捕はされないでしょ」

「逮捕はされないだろうな。でも、君たちも逮捕されないが、犯人も逮捕されない。なぜなら、犯人は君たちと接点のない僕だからだ」

「だったら、完璧じゃない」

「それがそうじゃない」

「どうして？」

「犯人が逮捕されない限り、周囲は君たちを犯人だと考えるからだ」

「……どういうこと？」

「そのイジメっ子を殺す一番の動機を持っているのは君たちだろ」

「証拠はないのよ。それにアリバイもあるじゃない」

「それは対警察上の問題だ。周囲の人たちに、そんなことは関係ない。君たちがなんらかのトリックを使って、そのイジメっ子を殺したと思うだろう。真犯人が逮捕されない限りね」

「それぐらいかまわないわ。あいつがいなくなるんなら――」

「そして、新たなイジメが始まる」

「……え？」

「人を殺したと思われてる同級生を周りが受け入れると思うかい」

太った少女は黙り込んでしまった。

「今以上にひどいイジメを、周囲から受けるはずだ」と男は断言した。「たとえ、そのイジメっ子がいなくなったとしてもね」

「やっぱり、あたしたちは死ぬしかないのよ」太った少女が明日香を見た。「ね、明日香、やっぱり死のう。二人で一緒に死ぬのが、一番なんだよ」

「でも——」と明日香が言った。視線は真っ直《ま》ぐ《す》に男へと向けられている。「環境が整えば、殺しても大丈夫になるんですよね」

「そうだ」と男は答えた。「環境さえ整えば、殺すことは可能になる。そうなれば、誰を殺してもよくなる。もちろん、そのイジメっ子を殺すこともね」

「どうすればいいんですか」

「準備が必要だ」

「準備？」

「ところで、君たちは今の世の中をどう思う」

二人の少女が当惑したように顔を見合わせる。「どう？」と太った少女が訊き返した。

「サイテーだと思わないかい」

「もちろん思うわ。明日香が死ななきゃならないなんて狂ってる」

「そう、今の世の中は狂ってる。正義が必ずしも正義ではなくなってしまっている。

これは実に由々しき事態だよ。君たちのようなまっとうな人間が死に、イジメっ子のような死ぬべき人間がはばかっている。このような事態を、許していいわけがない」

「それと、あいつを殺していい環境がどう関係あるの」

「正義の殺人だよ」

「正義の殺人？」

「サイテーな人間はいつ殺されるか分からない、そんな世の中を作ることができれば、イジメっ子を殺すことはいつでも可能だ」

「そりゃ、そうかもしれないけど……」太った少女は困惑した表情を浮かべる。

「さっきの話は覚えてるかい」と明日香に訊いた。

「さっきの話、ですか」

「知らない人間が殺せば捕まらないって話だ」

「覚えてます」

「それを実践すればいい。自分とまったく接点のないサイテーな人間を見つけだし、実際に正義の殺人で裁いていくんだ。そして、それを繰り返し行う。サイテーな人間は裁かれても仕方がないという空気が生まれるまでね」

言いながら、男は興奮してきた。鼻息が荒くなる。股間が痛いほど硬くなっていた。

こんな夢のような日が来るとは——。

神に感謝したい気分だった。すべてはこの二人のオモチャを与えてくれた神のおかげだ。神が男に「ヒーロー」になれと告げている。

「それって――」太った少女がゴクリと喉を鳴らす。「無差別に殺すってこと?」

「無差別じゃない。理由のある人物が選ばれるんだ。殺されるべき理由のあるサイテーな人間だけがな」

「……そんなこと、できるの?」

「できる」男は断言した。「君たちさえ覚悟を決めれば」

太った少女が明日香を見る。明日香は目を輝かせていた。

「それを続ければ――」と明日香が興奮を抑えた口調で言った。「あいつを殺すことができるんですね」

「そうだ。そういった環境を生み出すことができれば、サイテーな人間はいつ殺されるか分からなくなる。そいつが陰湿なイジメを続ける限り、正義の殺人で裁かれる理由を自ら作っていることになるだろう」

「その話、すごく魅力的です」

「分かってくれてうれしいよ」男は微笑んで見せる。

上空の雨は、いつの間にか上がっていた。

＊＊＊

【天罰よ】 J之内のクソについて 【下れ】

29：名無し高校生さん：201X/12/03 (mon) 23:56:56
今日は体育のあと、親友のスカートが切られていた
J之内の仕業に違いない

親友は文句も言わず、ピンでとめてはいていた
お母さんには引っかけたと説明するのだろう
それを思うと胸がしめつけられる

親友は最近、わたしにも多くを語らなくなった
きっとわたしが悲しい顔をするからだ

親友は優しい子だ
わたしのつらそうな顔を見たくないのだろう

J之内に対する怒りは募るばかりだ

わたしは親友の笑顔を取り戻す必要がある
森のくまさん、そろそろ時は熟したはずでしょう
いったいいつまで待たせるの

30：名無し高校生さん：201X/12/04 (tue) 01:00:08
>>29
おめでとう、やっぱり君は基地外決定

31：名無し高校生さん：201X/12/04 (tue) 01:02:33
>>30
うるさい、だまれ

12

エアコンをつけない車内は、異常に寒かった。酒井《さかい》克明《かつあき》はタバコを取り出して火をつけた。ライターがともった一瞬だけ、暖かくなった気がする。

運転席を倒して横になっていた。こうすれば、外から姿を見られることはない。逆に酒井からは、ルームミラーで歩いてくる人物を確かめることができる。

天井に向かって煙を吐き出す。暗い車内に、白い煙がゆっくりと広がっていった。こうしていると、いつも自分と闇との境界が曖昧《あいまい》になってくる。どこまでが自分でどこからが闇なのか、両者が溶け合って、一つになったかのような錯覚を覚える。そんなとき、酒井は自分が無敵に思えてくる。何をしたって闇に溶け込んでしまえばいい。そうすれば、すべては闇が覆い隠してくれる。

ルームミラーに目を向けた。人がやってくるのが見えた。

タバコを消す。息をひそめて、ミラーの中の人影を観察した。まだ少し距離があるが、シルエットで女だと分かった。ＯＬだろう。歩くたびにスカートが揺れていた。徐々に女が近づいてくる。二十代後半から三十代前半、細身でなかなかスタイルがいい。近づくにつれ、ヒールの音が大きくなった。

そっとドアに手をかける。いつでも飛び出せる準備をした。

この女にするか、それとも次を待つか。

先週もＯＬ風の女だった。二週連続同じタイプではつまらない気もする。しかし、この手の女は嫌いではない。ツンと澄ました女を従わせるのは、肉体だけでなく精神的な快感ももたらしてくれる。

女が車のすぐ後ろまで来た。街灯が顔を照らす。ショートカットの目がつり上がった女だった。意外と四十近いかもしれない。

どうする?

女が車の横を通りすぎる。その瞬間、女の体臭を嗅いだ気がした。

車内のデジタル時計を見た。0時12分——終電はまだ走っている。

飛び出す直前で思い止まった。女の背中をジッと見つめる。ハイヒールの音が、一定のリズムで遠ざかっていった。

見送りながら、少し後悔する。飛び出していれば、今ごろ女の体を組み敷いていたはずだ。痛めつけている最中だったかもしれない。

まあいい。

再び座席に横たわる。女を吟味《ぎんみ》しているときも、なかなか楽しいものだ。あの女はどんな顔をするだろう、どんな声を出すだろう、どんな匂いを発するだろう、そんな想像が背中をゾクゾクさせる。

今日は若い女にしよう、酒井はそう心に決めた。

レイプは発覚しない——。

ここ半年近く続ける中で、酒井はそう確信している。その証しが自分だ。何度繰り返しても、いまだに逮捕されるどころか、取り調べさえ受けたことはなかった。

なぜなら、レイプの被害者は百パーセント訴え出ないからだ。

それはそうだろう。警察に届けたら、自分は暴行されたと公表するようなものだ。周囲から白い目で見られることは間違いない。そんなリスクを冒してまで、訴え出る女はまずいない。黙ってさえいれば、何もなかったことにできるのだ。だとしたら、我慢するほうが賢い選択だ。自分が女なら、当然そうする。

酒井はなぜ他の男たちが同じことをしないのか不思議だった。好みの女がいくらでも抱けるのだ。もったいないとしか思えない。おそらく、気がついていないのだろう。女を襲ったら捕まって一生が終わる、そう思っているに違いない。

確かに、捕まれば一生が終わる。しかし、そんな心配は杞憂《きゆう》だった。捕まらないのだから、一生が終わることも、生活が崩壊することもない。現に、酒井には仕事もあるし家族もいる。

酒井も元からそんなふうに考えていたわけではなかった。むしろ、女をレイプするなど絶対に無理だと考えていた。ただし、願望がなかったわけではない。高校のころから、AVはレイプ物が好きだった。好きな子を犯すシーンを空想してオナニーするのが快感だった。でも、それはあくまで頭の中の話だ。想像に過ぎなかった。

きっかけは、アダルトサイトだった。

その日は、朝から妻が子どもを連れて買い物に出かけていた。普段なら酒井もついていく。しかし、熱っぽかったので、家で寝ていることにした。

昼過ぎに起きたときには、体調も回復していた。作り置いてあったチャーハンを食べているとき、ふと思いついたのだ。一度、アダルトサイトを見てみようと。以前から興味はあったが、実際に見たことはなかった。その日は、絶好のチャンスだった。検索したサイトにアクセスして、酒井は衝撃を受けた。

こんな画像が？

高校生のころ、年齢をごまかして必死で手に入れた雑誌より、何倍も激しい画像が公開されていた。それもクリック一つでいくらでも見ることができる。

酒井は夢中になって、どんどん画像を開いていった。軽い感動さえ覚えていた。なんて素敵な世の中なんだ。自分が高校生のころにこんなものがあったら、きっと勉強なんかせず、一晩中ネットの中を彷徨《さまよ》っていたに違いない。

しかし、感動とはいつまでも続くものではない。一時間もすると、酒井は飽き始めていた。機械的に新しい画像を開きながら、そろそろやめようかと思い始めていた。

そのとき、画面の下に小さく〈レイプ〉と書かれているリンクが目に入った。そんなものもあるのかと、気楽な気持ちでクリックした。

出てきた画像を見て、全身に電気が走った。

女は唇の端が切れていた。乱れた髪が、抵抗のあとを示している。破かれた服、めくれたスカート、太ももには精液が付着していた。

酒井は食い入るようにその写真を見つめた。高校生のころのように、股間がガチガチに隆起していた。これほど勃起したことは、ここ数年、記憶になかった。欲望が理性の殻を破る音を聞いた気がした。

（ああ、やっぱり）と思った。（やっぱり、俺にはこういう趣味があるんだ）

酒井が深夜に獲物を探し始めたのは、その翌週からだった。

再びルームミラーに目を向けた。制服を着た少女が歩いてくる。

酒井はニヤリとした。ドアに手をかけると、いつでも飛び出せるように身がまえる。

少女が車の横に差しかかった。

ドアを開けて飛び降りた。少女の前に立ちはだかる。少女が驚いたように足を止めた。間髪《かんはつ》いれず、後部ドアを開けると、少女を中に押し込んだ。自分も乗り込んで、後ろ手にドアを閉める。

「騒ぐなよ」少女に乗りかかるようにして、口を手で塞いだ。「騒いだら殺すからな」とナイフを見えるようにかざす。

少女が目を見開いて、酒井を見つめた。

「分かったか？」とナイフを少女の顔に近づける。「分かったら返事をしろ」

少女がコクコクと首を縦に振った。口から手を離す。改めて、その顔を見つめた。

ちょっとしたアイドルより整った顔立ちをしていた。血の気の引いた表情が、その可憐さをさらに引き立てている。

待って正解だったな。

酒井は自分の勘の良さに満足した。これだけの美少女は探しても見つからないだろう。その美少女に自分は今、何をしても許される立場にある。

硬くなった股間を、少女に押しつけた。少女が嫌がって体をよじる。

この子を想像しながら、オナニーしている同級生は大勢いるだろう。あこがれの女子の今の状況を知ったら、身悶《みもだ》えするに違いない。

高校のころ、好きだった女子のことを思い出していた。勉強もスポーツもできたクラス委員の彼女は、絵に描いたような優等生だった。酒井はそんな彼女を毎晩、夢の中で犯していた。無理やり押し倒すときもあれば、彼女から迫ってくるときもあった。

下敷きになっている少女を見た。当時のクラス委員とダブって見える。

顔を近づけると、少女が横を向いた。手で頬をつかむと、無理やり自分のほうを向かせる。軽く開いた唇に、強引に舌をねじ込んだ。ミルクのような甘い味がする。少女が苦しそうな声をもらした。

「ついてなかったな」と耳元でささやいた。「運が悪かったと思ってあきらめろ」

少女は泣きそうな顔をしていた。それがまた、酒井の征服欲をかき立てる。

ポケットからオモチャの手錠を出した。少女をうつ伏せにさせて両手にはめる。口には近くにあった布をつめた。座席の間に少女を突き落とすと、上から毛布をかける。

車から一旦降りると、タバコに火をつけて一息ついた。白い煙が、闇の中を漂いながら消えていく。自然と笑みがこぼれた。

「ずいぶん楽しそうですね」

あまりの驚きに、酒井はくわえていたタバコを落としてしまった。

「投げ捨てはいけませんねえ」と声の主がタバコを拾い上げる。「それに、このあたりはもともと路上禁煙ですよ」

酒井は固まっていた。相手は制服姿の警官だった。拾ったタバコを酒井に差し出す。

「あ、どうも」と受け取った。反射的に、もう一度くわえてしまう。

「ですから、このあたりは路上禁煙なんです」

「す、すいません」と酒井はあわててタバコを外した。

「こんなところで何をしてたんです」警官が窓越しに車内をのぞき込んだ。

窓にはフィルムが貼ってあるが、それでも心臓が縮み上がる思いだった。

「い、いいえ、別に」

「別にってことはないでしょう。近所の方ですか」

「いえ……」

「じゃあ、何をされてたんです」

「それは、その、休憩を……」

「休憩？」

　警官の目が光った気がした。

「こんなところで、なぜ休憩する必要があるんです」

「急に眠くなってですね。危ないので、仮眠を取ろうかと……」

「こんなところでですか」警官があたりを見渡した。

「このあたりのことは、よく分からなくて……」

　酒井は脇の下にびっしょりと汗をかいていた。

「どうしたんです？」警官がぬっと顔を近づけてきた。「顔色が悪いですよ」

「いえ、そんなことは」

　酒井は焦った。警官は不審に思い始めている。車内を見せろと言われたら終わりだ。

「あ、あの――」と言った声は裏返ってしまった。「私はそろそろ行きますんで」

「何を焦ってるんです。仮眠のためにとまってたんでしょ」

「眠くなったので」

「へえ、そうなんですか」

　警官はゆっくりと移動を始めた。

「怪しいですね。急ぐ必要でもあるんですか。それとも――」と酒井の正面でピタリと足を止める。「中の子が抱きたくてウズウズしてるのかな」

警官の手には拳銃が握られていた。銃口が真っ直ぐ酒井に向けられている。

酒井はポカンと警官を見つめた。

前髪をグイッとつかまれた。その拍子に、手からタバコが落ちる。逆を向かされると、体を車体に押しつけられた。

「動くなよ」警官が低い声で言った。「動いたら、脳みそが吹っ飛ぶぞ」

後頭部に拳銃を押しつけられた。「な、何を――」

「しゃべるな」とさらに強く押し当てられる。「次、しゃべったら本気で撃つぞ」

酒井はおそるおそる頷いた。

警官が後ろから酒井の体を探った。ポケットのナイフを見つけると、「こんな物、持ちやがって」と舌打ちした。「ホントにクソ野郎だな」

「あ、あんた、いいのか」と酒井は抗議した。「一般市民相手に、こんなこと――」

いきなり後頭部を殴りつけられた。頭の中で火花が散る。

「しゃべるなって言ったろ」

警官が後部ドアを開けた。座席の間で、少女が体を起こしている。

終わった――酒井は目をつぶった。これで言い訳はできない。

　警官は酒井を小突くように車内に押し込めた。

　しかし、まだ救いはある。これはあくまで未遂だ。この少女のことは無理だとしても、これまでの件は黙っていれば分からない。

「解放しろ」

　警官が後部ドアを開けたまま外から命令した。拳銃は酒井に向けられている。

　酒井は少女の手錠を外した。

　しかし、なんなんだ、この警官は？

　いくらなんでもやり過ぎだろう。常識では考えられない。

　少女は自分で口の布を出すと車から降りた。警官の背後に回り込む。

「ご苦労さん。行っていいよ」

　少女はコクリと頷いた。酒井と目が合う。その目に、怒りや憤りはなかった。むしろ、憐《あわ》れむように酒井を見つめている。なぜか背筋がうすら寒くなった。

　少女が立ち去るのを待って、警官が車に乗り込んできた。ドアを閉める。酒井は言いようのない圧迫感を覚えた。

「な、なあ、あんた、いい加減にそれ下ろしてくれないか」

「手錠をしろ」

「手錠？」

「おまえが持ってるそれだよ」

銃口は相変わらず酒井に向けられていた。その状態で逆らうわけにもいかない。酒井は素直に手錠をつけようとした。

「背中でつけろ」

言われたとおり背中でつける。

「後ろを向け」

後ろを向いた。警官が手錠を確かめる。

「よし」

いきなり背後から髪の毛をつかまれて引き倒された。口の中に布を押し込められる。

なんなんだ?

倒れた酒井の上に、警官が馬乗りになった。銃口が眉間に押しつけられる。

訳が分からなかった。この警官はいったい——。

「少しでも動いたら撃ち殺す」

酒井は動くのを止めた。押さえた口調が本気に思えてならなかった。

本気なわけがない。警官が無抵抗の市民に発砲するわけがない。

分かってはいたが、体が震え始める。怖くて仕方がなかった。

警官はそんな酒井を尻目に、テキパキと作業を進めていった。気づくと、酒井は首と両足をロープで固定されていた。身動きが取れない。

いつの間にか、泣いている自分に気づいた。

警官が拳銃を腰のホルスターに納めた。「馬鹿だなあ、抵抗すればよかったのに」

こいつはいったい何者なんだ？

警官が、先ほど酒井から奪ったナイフを取り出した。刃の部分でピタピタと酒井の頬をなでるように叩く。クスクスと笑い声をもらした。

「まだ分からないのか」

分からない、だと？

警官が向こうを向いた。いきなり酒井のズボンとパンツを膝までずり下ろす。むき出しの股間に、チクリと痛みが走った。それが何度も繰り返される。全身の毛穴が開いた。冷や汗が流れ出す。

「じゃあ、自己紹介でもするか」警官が背中越しに述べる。

「初めまして、森のくまさんです」

酒井は目をむいた。視線の先では、警官の背中がリズムを刻むように揺れている。耳を澄ますと、『森のくまさん』のハミングが聞こえた。

次の瞬間、警官がナイフを振り上げる。酒井は声にならない叫び声を上げた。

＊＊＊

森のくまさんからのおしらせ［12／08］

1：森のくまさん：201X/12/08 (sat) 04:11:12
クソ容疑者：酒井克明（32）
クソ生息地：武蔵野市八幡町
クソ罪状：レイプ（多数）
クソランク：☆☆☆☆☆☆
クソ判決：処刑

こいつはこれまでの中でも一番サイテーな野郎です
自分のやったことをちっとも悪いと思ってませんでした
お仕置きとしてチ○ポをズタボロにしてやりました

以上、よい子の味方、みんなのヒーロー、
森のくまさんからのおしらせでした

2：森くまウォッチャー：201X/12/08 (sat) 04:12:33

クソランク☆7って…
確かに過去サイコー（サイテー？）だわ
アニキ、おつかれさま

13

「ここのトイレ、怪しくない？」福田《ふくだ》月子《つきこ》の声が聞こえた。

「うん、怪しい、怪しい」吉田《よしだ》日《ひ》名子《なこ》のはしゃいだ声が続く。

守山《もりやま》明日香は個室の中で身を硬くした。手のひらにじっとりと汗がにじんでくる。

「あの子、単純だからね」と城之内《じょうのうち》美加子《みかこ》の笑い声が聞こえた。その声を聞くだけで、胃がキューッと締めつけられる。「たぶん、ここにいるよ」

明日香は唇を噛みしめた。悔しいが、見抜かれている。

廊下で美加子の姿を見かけて、反射的に一番近いトイレに駆け込んでしまった。もっと遠くまで逃げればよかったと後悔する。

「美加子ちゃーん」とドアのすぐ向こうで、月子の甘ったるい声が聞こえた。

ギクリとする。

「ここ、鍵が閉まってるみたい」

明日香は息を殺した。奥の壁に背中をつける。しかし、この狭い空間では逃げようがない。背中を冷たい汗がつたった。

コン、コン、とドアがノックされる。

「誰か入ってる？」と月子が訊いてくる。

明日香はその場で固まっていた。

「ねえ、ちょっと！」と美加子の怒鳴る声。「入ってんなら答えなさいよ」

ゴクリと喉を鳴らした。そっとドアのほうへ近づくと、ノックを二回返す。

「入ってます……」とできるだけ声を低くして答えた。

しばらく沈黙があった。

「あんた、守山じゃないよね」

「違います……」

「あ、そ」と美加子がつまらなそうに答える。

明日香は小さく息をついた。どうやらうまくいったらしい。

「入ったように見えたんだけどなあ」と日名子が不満げに言う。

「あたしもそう見えた」と月子が続ける。

「ねえ、さっき、あんた以外に誰か、入ってこなかった？」と美加子が訊いてくる。

「表の廊下を、誰かが走ってく音はしたけど……」

「そういうことらしいわ」と美加子があとの二人に言った。「ありがとう」と明日香に向かって声をかけてくる。「邪魔して悪かったわね」

「どういたしまして」

スリッパの音が遠ざかっていく。

全身の力が抜けた。その場にヘナヘナとしゃがみ込んでしまう。

次の瞬間、いきなり上から何かが降ってきた。

「きゃっ！」と声を上げて飛び退《の》く。個室の壁に頭をぶつけた。

降ってきたのは、トイレ掃除用のモップだった。

「やっぱり、あんたじゃない、守山」と美加子の勝ち誇った声が聞こえた。

ドン――。

トイレのドアが強く蹴飛ばされる。明日香は縮みあがった。

ドン、ドン――。

「何が『走ってく音がした』よ」

ドン、ドン、ドン――。

「早く開けろよ」

ドン、ドン、ドン、ドン――。

体が金縛りにあったように動かなかった。振動するドアを、呆然と見つめている。

ザアーッという音とともに水が降ってきた。モロに頭からかぶってしまう。続いて、
バケツが飛んできた。キャハハと笑う声がドアの向こうで上がる。

「さっさと出てこい。次はホースでかけるよ」

明日香はノロノロと腰を上げた。鍵を開けて表に出る。

「やった、命中してたのね」明日香を見て月子が手を叩いた。

髪をつたった水が、ぽたぽたと床に落ちる。

「まるで幽霊じゃない」

顔を上げる。城之内美加子が笑みを浮かべながら、明日香を眺めていた。

悪魔だ――そう思った途端、体が震え始める。

「あら、寒いの。そりゃ、そんなに濡れたらそうよね。脱いだほうがいいかもよ」

明日香は歯をガチガチと鳴らした。両腕で、自分の体を抱きかかえる。

「脱ぎな」

体の震えが、さらに激しさを増した。

「脱ぎなって」

「……ごめんなさい」と明日香は絞り出すように言った。

「別に謝らなくていいわ」と美加子が冷ややかに言い放つ。「謝って済むなら、警察

なんていらないでしょ。あたしは脱げって言ってんの」

「ごめんなさい……」

「だからさあ、謝んなくていいって言ってるでしょ」美加子が苛立ったように明日香の髪をつかんだ。そのまま左右に引っ張る。

「脱げって言ったの聞こえなかった？」

「やめて……お願いだから……」

突き飛ばされた。掃除用具入れに背中をぶつける。そのままズルズルと座り込んでしまった。

美加子が目の前に立ちはだかる。明日香は頭をかかえ込んだ。

「さっさと脱げ、このぶりっ子おんな」

わき腹を蹴られた。

「あんた、男子に人気あるみたいだからさあ、裏サイトにヌード写真のっけてあげるわ。そうすりゃアホな男子が大よろこびするでしょ」

「ひどーい」と月子がはしゃいだ声を上げる。

「売ったほうがよさそう」と日名子が言った。

美加子が笑う。「それいい考えね。てか、この子にウリさせよっか」

やめて、やめて、やめて——。

三人の会話を聞きながら、明日香は首を振った。どうしてあたしばっかり——。

「選ばしてあげる。裸の写真とウリとどっちがいい？」

「ちょっと！」

ドタドタと走ってくる足音が聞こえた。

「きゃっ」と美加子が短い声を上げる。

「あんたたち、何やってるのよ！」

明日香の冷えた頬に、生温かい手が触れた。

見上げると、下膨れの顔がそこにあった。柿本琴乃《かきもとことの》が心配そうにのぞき込んでいる。

「ひどい、びしょ濡れじゃない」琴乃が明日香の濡れた前髪をかき分けた。

背中に悪寒《おかん》が走る。

「怖かったでしょ。もう大丈夫だからね」

「人のこと突き飛ばして何言ってんだ、このデブ」と美加子の怒鳴り声が聞こえた。

琴乃が腰を上げる。美加子を睨《にら》みつけた。

「あんたこそ、こんなことしていいと思ってんの？」

「こんなこと？」美加子が後ろの二人を振り返る。「何のことか分かる？」

二人は口元をニヤつかせた。さあ、とそろって首をかしげる。

「とぼけないで！　明日香をこんな目にあわせたくせに」

「こんな目？」

美加子がわざとらしく周囲を見回す。明日香を見ると、いま気づいたように目を丸くした。「あら、守山さん、そんなに濡れちゃってどうしたの」

後ろの二人がクスクスと笑う。

「ふざけないで！　あんたたちがやったんでしょ」

「あたしたちが？　まさか」

「先生に言うわ」

「言えるもんなら言えば？　聞かれても知らないって答えるし」

「いいよ、琴乃ちゃん」と明日香は言った。

「よくない」と琴乃が言い返す。

「もういいから」

「本人がいいって言ってるじゃん」美加子が冷ややかに琴乃を見やる。「一人で盛り上がってもどうしようもなくない？」

琴乃が拳を握りしめる。「あんたは絶対、許さないから」

「許さないってどうするの？　殴る？　蹴る？」美加子がニヤリとする。

「それとも殺す？」

「美加子ちゃん、こわーい」と月子がおどけたように言った。

「でもね――」と美加子が続ける。「その仕返しがどこにいくかは、よーく考えたほうがいいわよ、よーくね」

美加子の視線は、真っ直ぐに明日香を捉えていた。

琴乃が恨みのこもった目で美加子を睨みつける。「卑怯者」

「どこが?」

「卑怯者じゃない」

美加子が鼻で笑う。「レズに言われたくないわ」

琴乃の顔がサッと赤くなる。「誰がレズよ!」

「だって、あんた、レズじゃん」と美加子が馬鹿にしたように言った。「いっつも守山のケツばっか追っかけてさ」

「そんなんじゃない!　あたしは友だちとして――」

「これだけかばってるんだからさあ――」美加子が大きな声で遮る。ニヤリと口元を歪めた。「一回ぐらいはヤラしてもらった?」

「な……」と琴乃が絶句する。

美加子がギャハハと笑う。「さすがにあんたみたいな汚いデブにはヤラせないか。でも、守山もいい迷惑よね。あんたみたいなデブにつきまとわれて」

「黙れ!」

「どうして？　ホントのことでしょ」

琴乃がワナワナと震えている。赤かった顔は、いつの間にか血の気が失せていた。

サイテーな人間――。

あの人の言葉を思い出す。世の中には殺されるべき理由のある人間がいるという。

美加子を見ていると、本当にそうだと確信する。

「行こ」美加子が後ろの二人に言った。「長くしゃべってると、レズがうつる」

三人は笑いながら、トイレから出ていった。

急に静かになる。明日香はホッと息をついた。

「……許さない」と琴乃がつぶやく。「あいつら、絶対に許さない」

「ありがとう」と明日香は一応、言った。「琴乃ちゃんが来てくれなかったら、もっとひどい目にあってたかも」

琴乃が明日香の前でしゃがみ込む。つらそうに顔を歪めた。

「今だって、ひどいよ」と両手で明日香の髪をすく。「こんなに濡れちゃって……」

明日香は琴乃の手をやんわりと外した。「大丈夫。体操服に着替えるから」

「でも、唇が真っ青――」と琴乃が手を伸ばす。

明日香はその手を避けて、腰を上げた。両腕を体の前でかかえ込む。

「寒そう……」

同じく腰を上げた琴乃が、明日香の背中に手を回して軽くさすり始めた。

瞬間、激しい嫌悪感を覚えた。琴乃を突き飛ばしそうになる。しかし、グッとこらえると、「大丈夫だから」と少し強い口調で言った。

琴乃がビクッと手を引っ込める。「ごめん……」と叱られた子供のようにうな垂れた。

美加子に指摘されるまでもない。琴乃の思いは怖いぐらいに伝わってくる。正直、うっとうしくて仕方がない。あの汗ばんだ手で触られると、鳥肌が立つ。

それでも、これまでは気づかない振りをしてきた。すべては自分を守るためだ。美加子たちに対して、琴乃は最大の防波堤になる。ただ、最近ではその気持ちも薄れつつあった。むしろ、邪魔に感じることのほうが多い。

あの人に出会ってからだ。あの人に出会ってから、琴乃に触れられることに、いっそう嫌悪感を覚えるようになった。汚い手で触らないで、と怒鳴りたくなる。

「じゃあ、体操服、取ってきてあげるね」と琴乃が気を取り直したように言った。

「ありがとう」

行きかけた琴乃が足を止めた。「ねえ、明日香」と背中を向けたまま言う。

「なに？」

「もうそろそろじゃない」

「そろそろ？」

琴乃が振り向いた。瞳に妖《あや》しい光をたたえている。

「あいつを殺してもいい環境は整ったでしょ」

「……え？」

「あたしたちは充分に準備を整えてきたわ。だからそろそろ――」と琴乃が笑った。

「城之内を殺そうよ」

＊＊＊

【次は】森くま、七人目を天誅【おまえだ】
８６２：森くまウォッチャー：201X/12/11 (tue) 11:13:19
森のくまさん事件の真相に迫る
「とんでもない話だ！」
取材に応じた警視庁幹部はそう言ってテーブルを叩いた。「我々は断じてそんなことは考えていない。一日も早く犯人を逮捕できるよう全力を傾けている」
しかし、あるベテラン捜査員は次のように語る。「内部犯の可能性は確かにあると思う。ここまで派手にやって、手がかりもつかめないなんて異常だ」

「別働隊が動いてるって噂はあります」と別の捜査員はこっそり教えてくれた。捜査対象はもちろん警察内部の人間だ。

先日、被害者はとうとう七人になった。にもかかわらず、捜査は一向に進展を見せない。こうなると、色々な憶測が飛ぶのはやむを得ないというのは先の幹部も認めている。

「現場の刑事たちがどうもやる気なくてね」と嘆くのは、先ほどとは別の警視庁幹部だ。この幹部によると、捜査員の士気が上がらないのは被害者に同情できないからだという。

詳細な説明は避けるが、いずれの被害者にも社会的に強く非難されても仕方がない要素があった。もちろん、だからといって殺されてもいいわけではない。ただ、捜査員も人の子だ。被害者への同情を感じれば、当然捜査にも力が入る。つまりその逆も然りである。そのうえ、内部犯行説があれば、ますます捜査に腰が引けるだろう。

現時点で犯人逮捕につながる有力情報はほとんどない。今のままだとこの状態はしばらく続きそうだ。それはつまり、森のくまさんが犯行を重ねるということに他ならない。人々が安心できる日は、まだ当分先になりそうである。

８６３：森くまウォッチャー：201X/12/11 (tue) 11:20:01

警察、終わってるね

８６４：森くまウォッチャー：201X/12/11 (tue) 11:22:19

てか、内部犯以外ありえんだろ

８６５：森くまウォッチャー：201X/12/11 (tue) 11:26:22

森くま、まんせー

君に警視総監賞をあげよう

８６６：森くまウォッチャー：201X/12/11 (tue) 11:33:56

>>８６５

確かにｗｗｗ

警察よりよっぽど世の中のためになってる

14

「ねえ、ひよりちゃん」と菜々美が上目づかいにひよりを見た。両手で包むように、ココアのカップを持っている。

「何？」と訊き返す。

「最近、お兄ちゃんに会った？」

ひよりは横を向いた。不機嫌が顔に出るのを見られたくない。

「……会ってない」とぶっきらぼうに答える。

大学近くのカフェに来ていた。アルバイトまでの時間つぶしだ。店内は同じ大学の学生で混み合っている。どこかみんながはしゃいでいるように見えるのは、クリスマスが近いせいだろうか。それとも単にひよりがひがんでいるだけなのかもしれない。

健介とは、前回、佐藤の見舞いに行った日から一度も会っていなかった。つまり、一か月近く顔を見ていないことになる。その間、電話で話したのも二回だけだ。しかも、「忙しいから」といずれも五分程度で切られてしまった。

そのうえ、先週の金曜日には、森のくまさん事件で七人目の被害者が出た。またしばらくは泊まり込みが続くのだろう。さらに会えない日が続くのは目に見えていた。

「そっか……」と菜々美が考え込んでしまう。

「どうかしたの」

菜々美は少し迷ってから口を開いた。

「実はね、班長さんからうちに電話があったの」

「班長さん？」

「お兄ちゃんが所属してる班の班長さん。長谷川《はせがわ》さんって言うんだけど」

「その人がどうしたの」

「お兄ちゃんの家での様子はどうだって」

「家での様子？」

「食事や睡眠はちゃんと取ってるかって」

「そんなの班長さんのほうがよく知ってるんじゃないの」

健介はここ一、二か月、自宅には着替えを取りに戻る程度だ。捜査本部のある警察署に泊まり込んでいることのほうが多い。菜々美に聞くより、ほかの班員に聞いたほうが分かる気がした。

「あたしもそう思ったの。でもね――」菜々美が目を伏せる。「実はお兄ちゃん、最近はほとんど署に泊まってないんだって」

え、と思わず声を上げた。「どういうこと？」

「妹が心配だからって、帰宅してるらしいの。班長さんもうちが二人暮らしだって知ってるから、大目に見てくれてるらしくて」

「でも、帰ってきてないんでしょ」

「こっそり帰ってきて、こっそり出てったら気づかないかもしれないけど」

「そんなことする必要ある？」

「ないと思う。だから、たぶん帰ってきてない」

「それ、班長さんには言った？」

とっさに気になったのは、健介の立場だった。上司に嘘をついているとしたら、問題になりかねない。

「言ってない」と菜々美が首を振る。「驚いてるうちに話が進んじゃって、気づいたときには言っちゃまずいかなって思ったから」

ひよりはホッと息をついた。

「で、なんて答えたの？」

「大丈夫だと思いますって。ほかに言いようがないもん」

それはそうだろう。賢明な判断だと思う。

「班長さんは、どうしてそんな質問してきたんだろう」

「最近のお兄ちゃん、かなり疲れてるように見えるんだって」

「やっぱり……」と納得する。

「でも、これは捜査員全員だって言ってた。大きい事件が立て込んでるから、みんな疲れ切ってるって。ただ、その中でもお兄ちゃんがだいぶ参ってるみたいだから、心配してくれたみたい」

上司からそう見えるのであれば、相当なのだろう。

「それでね——」と菜々美が上目づかいで見る。「もしかしたら、ひよりちゃんに会いに行ってるのかなって思ったの」

「だったら、うれしいけどね」

自宅に帰らず、健介はどこに行っているのだろう。女性関係であるとは考えにくかった。もしそうであれば、ひよりにつれなくなるのは分かるとしても、あれほど思いつめた表情になるとは思えない。

「ゴメンね」と菜々美が申し訳なさそうに言う。

ひよりは苦笑いした。「どうして菜々美が謝るのよ」

「だって……」

「菜々美のせいじゃないでしょ」

「あたしがちゃんとお兄ちゃんを見張ってないから」

「そんなのムリよ」

「最近のお兄ちゃん、おかしいと思う。あんなに眉間にしわ寄せてる人じゃなかった」

「佐藤さんの事件のせいでしょ」

「それならいいけど……」

「けど？」

菜々美は少し考えてから、口を開いた。

「この前、お兄ちゃんが着替え取りに来たとき、なかなか部屋から出てこないから、おかしいと思って様子を見にいったの。そしたら、電気もつけないで、じっと奥にかけてある制服を見つめてたの」

「制服を？」

——久々に見てみたくなったんだ。

——交番勤務のころを思い出してた。

ひよりがどうして制服を出したのか聞いたとき、健介はそう答えていた。あれは一か月半以上前の話だ。

「びっくりしたから、何してるのって訊いたの。そしたらお兄ちゃん、警察の仕事ってなんだろうなって、突然、言い出して——」

健介の思いつめた横顔が目に浮かんだ。

「何のために、俺たちは命を張ってるんだろうって」

ひよりは何も言うことができなかった。

健介がどういうつもりでそのセリフを口にしたのかは分からない。しかし、その根底には佐藤の事件があるに違いなかった。

「単に佐藤さんの事件でショック受けてるだけならいいの」と菜々美が続けた。「でも、今のお兄ちゃん見てると、根っこが揺らいでるように見えて心配なの」

「大丈夫よ」とひよりは言った。「健介さんはそんなにヤワじゃないから」

「そうかな」

「そうだよ。それは菜々美が一番よく知ってるでしょ」

「うん……」と菜々美が自信なさそうに頷く。

「家に帰ってこないのも、きっと何か理由があるのよ」菜々美に言いながらも、ひよりは自分に言い聞かせていた。

「そうだよね」と菜々美が笑う。「お兄ちゃんは強いもんね。あたしが心配するなんておかしな話だよね」

「今度、時間ができたときに直接、訊いてみようよ。ちゃんと訊けば、ちゃんと理由を話してくれるよ」

「うん、そうする」菜々美が微笑んだ。「ありがとう、ひよりちゃん」

口では前向きなことを言いながら、ひよりも心の中は不安でいっぱいだった。健介は家に帰らず何をしているのだろう。さっぱり見当がつかなかった。しかし、ここであれこれ悩んだところでどうしようもない。今は健介を信じるしかなかった。

「それより、あんたのほうはどうなの」と話を変える。

「あたし？」と菜々美が首をかしげる。

「九門くんのことよ」

「ああ……」と菜々美が目を伏せた。「相変わらず、かな」

「電話も出てないの？」

「なんか、タイミングがつかめなくて……」

「このままでいいの？」

菜々美が苦笑いする。「よく分かんない」

「ウソぐらい誰だってつくよ」

「ウソもそうなんだけどね」

「……女の子と歩いてたって話？」

菜々美は目を伏せただけで答えなかった。

「何かの勘違いかもしれないじゃない」

「うん……」

「あたしが九門くんに訊いてあげようか」

「いい、それは自分でやる」と菜々美が首を横に振った。

「分かった」と頷いてから、ひよりは苦笑いした。「それにしても、今のうちらってついてないね」

「本当だね」と菜々美も力なく笑った。

＊＊＊

森のくまさんへ［12／12］

1：森くまウォッチャー：201X/12/12 (wed) 00:21:26
もはやJ之内に生きている価値はない
森のくまさんに処刑されるがいい

J之内こと、城之内美加子
板橋区の私立K女子学園高校　一年D組
性格：サイテー
外見：細いだけで気持ち悪い

判決：死刑

2：森くまウォッチャー：201X/12/12 (wed) 00:49:33
>>1
きみ、別のとこにいた基地外ちゃんでしょ

3：森くまウォッチャー：201X/12/12 (wed) 00:55:16
違うの？

4：森くまウォッチャー：201X/12/12 (wed) 01:08:32
無視すんなよ

5：森くまウォッチャー：201X/12/12 (wed) 05:22:04
おーい

6：森くまウォッチャー：201X/12/12 (wed) 05:45:44
氏ね

7：管理者さん：201X/12/13 (thu) 00:21:15
>>1

この書き込みは問題があると判断したため管理者が削除しました。

15　ある夏の夜（その五）

「君たちにしてほしいことは二つだ」

雨は上がったが、夜空に星はなかった。すぐにまた降り出しそうな重い雲がかかっている。空気は先ほどより湿気を帯びていた。立っているだけで、汗がにじんでくる。二人の少女も顔に汗をかいていた。ときおり、顎からポタリと垂れる。しかし、それすら気づかないほど二人の表情は真剣だった。

「一つはサイテーな人間を探すことだ」

「いるわ」即答したのは太った少女だった。先ほど『琴乃』と名乗っていた。

「城之内よ。城之内美加子はサイテーな人間だわ」

「それは？」

琴乃が小柄な明日香を見た。「この子をいじめてる奴らのリーダーよ」

男は舌打ちした――このバカが。

あれほど「環境」が必要だと説明したのに、まだ分かっていないのか。馬鹿を相手にするのは、本当に疲れる。しかし、ここはグッと我慢するしかない。オモチャを使いこなすには、ある程度の忍耐力が必要だ。

「それはまだ早い」男は苛立ちを抑えて言った。「気持ちは分かるが、環境が整うまでそいつは後回しだ」

琴乃が口を尖《とが》らす。「じゃあ、それまで明日香はどうすればいいの？」

「どうすれば？」

「イジメはこれからだって続くわ。今は夏休みだからいいけど、二学期からは、またあの地獄のような日々が始まる。それをこの子はどうすればいいの？」

「しばらくは耐えてもらうしかない」

「そんなのムリよ」琴乃が明日香を見た。「そんなのムリよね」

明日香が視線を伏せる。「自信、ないかも……」

琴乃が男のほうを向いた。「ほらね。やっぱり城之内を最初にやるしかないのよ。じゃなきゃ、こんなことする意味ないわ」

「でも、琴乃ちゃん、そんなことしたら、さっき言ってたみたいに、もっとひどいことになるんじゃ――」

「そしたら、あたしが明日香を守ってあげる」琴乃が明日香の肩に手を置く。キスでもしそうなぐらい顔を近づけた。明日香が反射的に体をのけぞらせる。

「正義の殺人を実践すれば、君たちは変わる」

二人の少女が、ハッとこちらを向く。そのタイミングで、明日香が素早く琴乃の腕から逃れた。琴乃が残念そうな表情を見せる。

「どういうことですか」と明日香が訊いた。

「なぜなら、生きる希望が見出せるからだ」

「生きる、希望……？」

「そうだ。生きる希望だ。いつかそのサイテーな人間を裁くことができる――そう思えれば、一時のイジメは苦にならなくなる」

「そんなわけないでしょ」と琴乃が言い返す。「あんた、イジメを軽く見すぎてるわ」

「僕だって、イジメがどんなものかは知ってる」

「だったら、分かるでしょ、気持ちでどうにかなるもんじゃないって。あれは、本当に、ツライんだから……」琴乃の目にはうっすらと涙が浮かんでいた。「学校のどこにも居場所がないのよ。いつもビクビクして、孤独で、怖くて……」

「君の言っていることは、よく分かる。でも、生きる希望がイジメに耐える力を生んでくれるのも事実だ。そのお手本が今、君たちの目の前にいる」

え、と二人の少女が同時に声を上げた。

胸の奥にしまいこんでいた傷が疼《うず》く。

教室でズボンを脱がされた日のことが脳裏に浮かんだ。教壇の上で四つんばいにさせられた。男子生徒が、肛門に鉛筆が何本入るかを笑いながら話している。いやねえと言いながら、女子生徒も笑ってこちらを眺めている——思い出すだけで体が震えた。そんな記憶は腐るほどあった。思い返せばキリがない。

いつか、この腐りきった世の中を正してやる。

ツライときも耐えられたのは、その気持ちを持ち続けたからだ。それが男にとって生きる希望となった。いつか理想の世の中を作るヒーローになるという夢——。

暑いな、と思った。空気が肌にまとわりつく。

「生きる希望が持てれば、必ずイジメを克服することができる」男は断言した。「環境が整ったら、その城之内は殺せばいい。今はそのための環境を整える必要がある」

「分かりました」明日香が頷いた。「あたしは信じます」

「明日香!」琴乃が驚いたように目を見開く。「ホントにいいの? 二学期からもあの状態が続くんだよ」

「いずれ救われるって希望が持てれば、耐えられる気がする」

「明日香……」

「だって——」と明日香が男を見る。「この人がそれを証明してるじゃない」

男は頷きながら微笑んだ。

やはり、今日ここでこのオモチャに会えたのは神の思し召《おぼめ》しだ。

「分かったわ」と琴乃が言った。「明日香がそう言うんなら、あたしもそれでいい」

「あたしたちがやることは二つなんですよね」と明日香が訊く。

「そうだ」と男は頷いた。「さっきも言ったが、一つはサイテーな人間を探すことだ」

「どうやって探せばいいんですか」

「インターネットの掲示板を使う」

「掲示板？」

「あそこには、他人の悪行を訴える書き込みが数多くされている。中には、具体的な名前や住所まで載せているものもある。管理者に気づかれると、すぐに消されてしまうけどね。その中から、本当にサイテーな人間を探し出してほしい」

「ネットの掲示板を見てればいいってこと？」と琴乃が訊く。

「そういうことだ」

「そんな簡単なことでいいの？」

男は頷いた。「そして、候補者を見つけたら、そいつが本当にその行為を行っているかを調べてほしい。調べた結果、それが本当なら僕がそいつに正義の裁きを下す」

「それって——」琴乃がゴクリと喉を鳴らす。「殺すってことね」

「そうだ」

頷く男を見て、明日香の顔からわずかに血の気が引いた。

「それと君たちにやってほしいことはもう一つある」と男は続けた。「僕が裁きを下した直後に、ネット上に犯行声明を出すことだ」

明日香が戸惑った表情を見せる。「犯行声明、ですか」

男は頷いた。「正義の殺人には犯行声明が重要だ。僕たちの行為はただの人殺しではない。世の中から悪を排除し、理想の世の中に近づけるための行為だ。今の世の中にどれほどサイテーな人間が存在しているか、そしてそういうサイテーな人間は排除される可能性があると警鐘を鳴らす意味がある。だから、犯行声明は必須だ。犯行声明がなければ、鈍感な世間が僕らの行為に気づくはずがない。この正義の殺人が意志を持って行われていると世間に知らしめるためには、犯行声明が絶対に必要なんだよ」

男は自分の言葉にうっとりとしていた。

「裁きを下した後に、ターゲットの名前、住所、殺された理由をネット上で公開する。それにより、殺されたのは本人が招いた結果であり、同様の行為をしている人間も裁かれる可能性があるというメッセージを世の中に伝えるんだ」

蒸し暑いせいか、二人の鼻には脂ぎった汗が浮いている。特に琴乃は尋常でなかった。見ていると、吐き気をもよおしそうになる。

「でも、そういうのって、すぐにバレるんじゃないの」と琴乃が訊いた。「よく芸能人の殺人予告したりして、逮捕されてるじゃない」

「あんなものはＩＰをごまかせば、簡単に回避できる」

「あいぴー？」

「プロクシを何本か刺せば、いいだけの話だ」

「ぷろくし？　刺す？」

「やり方は教える。書き込んだＰＣが特定されても、身元さえ特定されなければいい。ごまかしようはいくらでもある」

「分かりました」と明日香が頷いた。「それぐらいなら、あたしにもできそうです」

「あたしも。明日香と一緒ならやるわ」

「決まりだね」男は口元に笑みを浮かべた。

「僕たちは今日から同志だ。仲間なんて甘っちょろい関係じゃない。同じ目的で結びついた強い関係だ。同志諸君、力を合わせて、この世の中を正そうじゃないか」

男は上空を見上げた。

星は見えなかった。月だけが雲越しにうっすらと光を放っている。

＊＊＊

【あなたは】森くま、八人目はいつ？【神だ】

451：森くまウォッチャー：201X/12/18 (tue) 00:18:32
杉並で森くまが出た
いまから取材にいく

452：森くまウォッチャー：201X/12/18 (tue) 00:19:12
マジ？　じゃあ8人目？

453：森くまウォッチャー：201X/12/18 (tue) 00:20:33
いや、失敗

454：森くまウォッチャー：201X/12/18 (tue) 00:21:13
>>451
>>453
おたく、何者？

455：森くまウォッチャー：201X/12/18 (tue) 00:21:41
>>454

某三流雑誌記者

456：森くまウォッチャー：201X/12/18 (tue) 00:22:27

>>455

記者さん乙

457：森くまウォッチャー：201X/12/18 (tue) 00:24:35

俺、杉並だけど、すげえパトカー

うるさくて寝れない

16

数十メートルの廊下がひどく長く思えた。最初は早足で歩いていたが、結局は小走りになる。「走らないでください！」と注意する声が聞こえたが、ひよりはかまわず走り出した。目的の205号室まで来ると、ノックもせずに勢い込んでドアを開ける。

「お母さん！」

母は奥のベッドで体を起こしていた。隣には健介が立っている。母の頭と首には包帯が巻かれていた。右の頬にもガーゼが貼られている。

「あら、ひより」

「あら、じゃないわよ。あたし、話を聞いて……」

息が上がって言葉が続かない。

「大丈夫。怪我は軽傷だ」と健介が言った。「念のため、今日は入院してもらうけど」

ひよりはその場にへなへなと座り込んでしまった。体の力が抜けて、初めて自分がどれほど緊張していたのかに気づく。

——お母さんが襲われた。

連絡をくれたのは健介だった。聞いた瞬間、全身から血の気が引いた。頭の中が真っ白になった。正直、病院までどうやって来たのかよく覚えていない。

「あなた、コートは？」

母に言われて、初めてコートも羽織らずに飛び出してきたことに気づいた。立ち上がると、「寒くなかったから」と強がって見せる。

母は笑みをもらすと、「おいで」と手招きした。

近づいていくと、手がひよりの腕に触れる。

「ごめんね、心配かけて」

その言葉を聞いた瞬間、耐えきれなくなった。ぽろぽろと涙がこぼれ落ちる。顔を背けながら、「バカ……」というのが精一杯だった。

「駅から帰る途中で襲われたの」

ひよりが落ち着くのを待って母が説明した。

「地面に押し倒されてね。ナイフが見えたから必死だったわ。たまたま近くにあった石で殴りつけたら、逃げていったけど」

「けっこう危機一髪じゃない」ひよりは目を丸くした。

「犯人は森のくまさんを名乗ったそうだ」と健介が言った。

え、と訊き返す。「森のくまさん？」

「そう言ったんですよね」

「……ええ、言いました」と母が目をそらしながら答えた。

「どうしてお母さんが森くまに襲われるの」

「例の件でしょ」

「例の件？」

「うちの会社の誠意ない対応よ。たぶん、あのせいで森のくまさんのターゲットにされたんだと思うわ」

「でも、そんなのお母さんのせいじゃないじゃん」

「いいえ、お母さんのせいでもあるわ。だって責任者だもの」

「それを言うなら、狙われるのは佐々木恵子でしょ」

母が顔をしかめる。「あなた、親が勤める会社の社長を呼び捨てにしないの」

「だって——」

「だってじゃないわ。いずれにしろ、私が襲われたのは事実なの。私は森のくまさんに襲われても仕方がないことをしてるのよ」

ひよりは不満だった。確かにエスケイの社員である以上、母にまったく責任がないとは思わない。しかし、命を狙われるほどのことだろうか。

「顔は見なかったの？」

「必死だったからね」

「男？　女？」

「あんた、若林さんの影響？」と母が苦笑いする。「まるで警察みたいよ」

「だって、悔しいじゃない」

「ありがと」母がポンポンとひよりの頭を叩く。「でも、そういうことは全部、若林さんに話してあるわ。あとは警察に任せればいいの。あなたはもう帰りなさい。明日も早いんでしょ」

「そうだけど……」

「私は大丈夫だから。ね」

多少不満はあったが、怪我も大したことはなさそうなので、母に従うことにした。

このまま病院に泊まり込むわけにもいかない。

「下まで送ってくよ」

健介が一緒に廊下に出る。並んで歩きだしてから、ひよりは足を止めた。

健介が振り向いて、「どうした？」と訊いてくる。

じっと顔を見つめた。表情からは疲れがにじみ出ている。

「元気だった？」

ひよりの問いかけに、健介が意外そうに目を見開いた。苦笑いを浮かべる。

「そうか。久しぶりだもんな」

「一か月ぶり」

「そんなに会ってないのか……」健介がため息をつく。「悪いな」

「それはいい。仕事だもん、ただ――」

「ただ？」

「体が心配なだけ」

「俺は平気だ」健介が口元を歪める。以前は見たことがない笑い方だった。

再び並んで廊下を歩きだす。

「たぶん、お母さんはウソをついてる」

「ウソ？」

「お母さんは犯人の顔を見てるはずだ」

「森くまの顔を？」

「本部では、この事件を森くまの犯行とは見ていない」

「どういうこと？」

「おそらく模倣犯だ」

「模倣犯……」

「あまりにも手際が悪すぎる」

突然、電話が静かな廊下に鳴り響いた。

「やべ」健介があわてて携帯を取り出す。「もしもし――」と廊下の端へ行って、ヒソヒソと話し始めた。

もし健介の話が本当だとすれば、なぜ母は嘘をついたのだろう。犯人のことをかばう義理でもあるのだろうか。

――私は森のくまさんに襲われても仕方がないことをしてるのよ。

改めて思い出すと、ずいぶんと言い訳めいたセリフな気がした。

健介が電話を切って戻ってくる。先ほどより厳しい顔をしていた。

「お母さんを襲った容疑者が確保された。悪いが、行かなきゃならない」

「ホントに？」

「詳しいことが分かったら、また連絡する。気をつけて帰れよ」

行きかける健介を「ねえ——」と呼びとめた。

「なんだ？」と健介が振り返る。

「しばらくお休みはないよね」

「そうだな」

「でも、そろそろ佐藤さんのお見舞いには行くでしょ」

健介はしばらくひよりを見つめてから、ああ、と頷いた。

「金曜日に、時間を見つけて行くつもりだ」

「一緒に行ってもいい？」

「いいけど、そのあとは仕事に戻るぞ」

「それはかまわないの。でも、一つだけお願いがあるの」

「お願い？」

ひよりは健介を真っ直ぐに見つめた。薄暗い廊下の明かりに、土気色の顔が照らしだされている。

「三十分でいいから、話す時間を作ってくれない？」

「話？」

ひよりは頷いた。「三十分でいいの。それぐらいなら平気でしょ」

健介は考えてから、「そうだな」と頷いた。

「じゃあ、連絡、待ってるから」

健介が背中を向けて、廊下を足早に立ち去っていく。ひよりは健介の姿が見えなくなるまで、その場で見送っていた。

＊＊＊

【あなたは】森くま、八人目はいつ？【神だ】

491：森くまウォッチャー：201X/12/18 (tue) 01:30:22
　451です
　森くま、逮捕
492：森くまウォッチャー：201X/12/18 (tue) 01:31:04
　おわた
493：森くまウォッチャー：201X/12/18 (tue) 01:31:59

マジでおわったな

494：森くまウォッチャー：201X/12/18 (tue) 01:32:48

漏れの神が…

495：森くまウォッチャー：201X/12/18 (tue) 01:33:39

俺の髪が……薄い

496：森くまウォッチャー：201X/12/18 (tue) 01:34:39

トイレの紙が……ない

497：森くまウォッチャー：201X/12/18 (tue) 01:36:46

ふざけんな！

俺は信じねえぞ！

森くま、カムバック！

17

兄からの電話を切って、菜々美はホッと息をついた。枕もとに携帯電話を置くと、時計に目をやる。時刻は深夜二時を回っていた。

ひよりの母が襲われたと聞いて、一気に目が覚めていた。怪我は大したことがないらしい。犯人もすでに逮捕されたという。今、ひよりは病院から帰っている途中だというので、もう少ししたら電話をしてみようと思った。

ひよりは母親と二人暮らしだ。その母が怪我をしたという。ひよりの気持ちを思うと、たまらなくなった。もしひよりが不安を感じているなら、今から家まで行ったってかまわなかった。

そうなったときのために、一応、用意をしておこうとベッドから抜け出す。冷たい部屋の空気に思わず身を震わせた。

枕もとの携帯電話が、けたたましい音で鳴り始めた。ギクリとする。暗い室内で液晶の光がまぶしかった。

兄だろうか。ひよりかもしれない。菜々美は相手を確かめず電話に出た。

「――菜々美？」

声を聞いた瞬間、カッと全身が熱くなった。寒さも一瞬で感じなくなる。

まーくん――。

久しぶりに耳にする声だった。最近では、留守電も聞かずに消去している。

「菜々美？　聞いてる？」正則が話しかけてくる。

胸がつまった。目頭が熱くなる。

切ろう――と思った瞬間、「待って」と必死さのこもった声で言われた。

「切らないでくれ。話がしたいんだ」

ためらったせいで、切るタイミングを失ってしまった。菜々美は耳に携帯を当てたままジッと黙っていた。菜々美が切らないのが分かったのか、正則が受話器の向こうでホッと息をついた。

「ありがとう」

無言のまま首を横に振る。お礼を言われるようなことは何もしていない。勝手に無視を続けているのだから、罵倒《ばとう》されても仕方がないぐらいだ。それなのに、正則の言葉は以前と変わらず優しい。

「菜々美――」正則が菜々美の名前を呼ぶ。

それさえうれしかったころのことを思い出した。付き合い始めのころは、名前で呼び捨てにされるのが照れくさかった。父や兄以外の男の人から、そういうふうに呼ばれるのは初めてだった。

「ごめん」と正則がいきなり謝った。

え、と声をもらしてしまう。

「本当に悪かったと思ってる。許してくれ」

「……何を謝ってるの」と訊いた声はかすれた。

「ひよりと一緒にうちの店に来たんだろ。佐竹《さたけ》くんから聞いたよ」

佐竹というのは、店の前であった男性のことだろう。口止めしたわけではないので、話が伝わっているとは思っていた。

「ダマそうとしたわけじゃないんだ」と正則が続けた。

「じゃあ、どういうわけだったの」

「ちゃんと伝えてなかっただけだ」

「どういう意味？」

「金曜日は別のバイトをしてるんだよ。家庭教師だ」

「家庭教師？」意外な答えに菜々美は面食らった。

「大学の友人の紹介でね。だから、ウソってわけじゃないんだ」

あまりにあっさり理由が分かってしまい、菜々美は拍子抜けした。

「どうして教えてくれなかったの」

「心配をかけたくなかったんだ」

「心配？」

正則はしばらくためらうように黙っていた。ため息をつく。

「教えてるのは、高校生の女の子なんだよ」

あ、と手で口を押さえた。正則が何を言いたいのか分かった気がした。

「その、そういうのって心配だろ。もちろん、何かあるってわけじゃないよ。それは誓って言える。でも、やっぱり聞いたら、気になるかなと思って……」

「じゃあ、渋谷を一緒に歩いてた女の子って――」

「その子だと思う。一緒に参考書を買いに行ったことがあるんだ」

「そうだったの……」

「言わなきゃとは思ってたんだ。でも、なんとなく言いそびれてね」正則が申し訳なさそうに言った。「ゴメン」

菜々美は笑ってしまった。ここ一か月近く、自分はなんとくだらないことで悩んでいたのだろう。本人に確かめれば、あっという間に解決したことだったのに。

ううん、と菜々美は首を振った。「あたしのほうこそゴメン。早とちりして、まーくんにイヤな思いさせちゃった。許してくれる？」

「もちろん、許すよ」と正則の声が明るくなった。「悪いのは、ちゃんと言ってなかった僕なんだから。菜々美が謝ることじゃない」

二人そろって、照れたように笑った。

「よかった」と菜々美は息をついた。「まーくんと仲直りできて」

「僕もだよ」と正則が言う。

久しぶりに穏やかな気持ちになっていた。

「実はね、まーくんに相談したいことがあったの」

「相談?」

「ひよりちゃんのこと」

菜々美は先ほどひよりの母が襲われたことを説明した。

「そんなことがあったのか」と正則が驚く。

「でも、それはいいの。怪我も大したことないみたいだし。相談したいのは、ひよりちゃんとお兄ちゃんのことなの。あの二人、あんまりうまくいってないみたいで」

ああ、と正則が同意した。「それは僕も感じてた」

「まーくんも?」

「でも、健介さん、だいぶ疲れてるみたいだったから」

「それにしても、お兄ちゃんの様子がちょっとおかしいんだよね」

「おかしい?」

「暗いっていうか、そんな感じ」

「単純に疲れてるせいじゃないの」

「それならいいんだけどね」

「で、僕はどうしたらいい」

「機会があったら、さりげなくお兄ちゃんにひよりちゃんのこと訊いてほしいの」

「ひよりのこと?」

「疲れて、そうなってるだけならいいの。それなら時間に余裕ができれば、元に戻ると思うから。でも、もしそれだけが理由じゃないんだとしたら――」と言葉をにごす。

「なるほど」と正則が言った。「つまり、ひよりのことがまだ好きなのかどうかを確かめればいいってことだね」

「うん」と菜々美は頷いた。「あたしが訊いても、きっとホントのことは話してくれないと思うの。男同士のほうが話しやすいと思うから」

「分かった。でも、なかなか機会はないかもしれないよ」

「それは分かってる。あ、ちなみにこれはひよりちゃんには内緒ね」

「オーケー」

兄がひよりを嫌いになったとは考えたくない。しかし、兄の行動に謎がある以上、絶対にそうとは言い切れなかった。だとしたら、本人に確かめるしかない。

机の上の時計を見た。二時十分を回っている。ひよりはそろそろ自宅に帰りついただろうか。

「じゃあ、そろそろ切るね」と菜々美は告げた。

本当は、まだ話をしていたかった。しかし、夜も遅い。もうすっかり仲直りしたのだ。あとはまた、直接会ったときに話せばいい。

「そうだね。また連絡するよ」

言おうか言うまいか迷ってから、菜々美は口を開いた。

「ねえ、まーくん」

「何?」

「あきらめずに何度も連絡くれてありがとう」

一瞬、間があった。それから、笑うような息づかいが聞こえた。

「どういたしまして」

電話を切った。息をつく。心の中が、ほんのり温かい気がした。

＊＊＊

【本物か？】森くま、天は彼を見放したか【偽物か？】

698：森くまウォッチャー：201X/12/18 (tue) 03:45:19

ついに森のくまさん、逮捕か？

18日の深夜午前未明、杉並区の路上で帰宅途中の野々宮かおりさん（41）が襲われた。野々宮さんは軽傷を負ったものの命に別状はない。

警視庁荻窪署によると、捜査員が近くを歩いていた不審な女に職務質問したところ、犯行を認めたため、暴行・傷害の容疑で逮捕した。女は三鷹市深大寺の無職、柏木真紀子容疑者（38）。

同庁によると、柏木容疑者は自分を森のくまさん事件の犯人だと名乗っており、野々宮さんに「責任を取らせるつもりでいた」と証言している。襲われた野々宮さんは現在、副作用問題を抱えているエスケイ化粧品の東京エリアにおける販売責任者をしている。

ただし、柏木容疑者の証言には曖昧な点も多く、警察では慎重に取り調べを進めている。

699：森くまウォッチャー：201X/12/18 (tue) 03:47:23
騙りだな

700：森くまウォッチャー：201X/12/18 (tue) 03:50:48
騙りですな

701：森くまウォッチャー：201X/12/18 (tue) 03:55:31
神を騙るとは死刑だな

702：森くまウォッチャー：201X/12/18 (tue) 04:00:56
本物じゃなさそうだ
ホッとしたぜ

18　ある夏の夜（その六）

「そうだ。一つ肝心なことを忘れてたよ」

相変わらずじめじめと蒸し暑い。空気が重い湿気を帯びているのが分かる。おそらく今夜も寝苦しい夜になるだろう。

「何をですか」と明日香が訊いてきた。暑いのか、それとも興奮しているのか、頬が紅潮している。肌が白いだけに艶《つや》っぽく見えた。

「名前だ」

「名前?」

「そう。我ら同志のグループ名だ。犯行声明を出すときに、その名前を使う」

「そんなのいる?」と琴乃が訊いた。

「いる」と男は言い切った。「名前は重要だ。単なる記号ではあるが、定着すると、それ以上の意味を持つことになる」

「よく分かんない」

「名前とは社会の中で存在する権利を得ることにつながる。名前がなければ、僕らは単なる連続殺人犯と呼ばれるだろう。しかし、名前があれば、僕らはその名前で呼ばれることになる。それはいずれ、僕らの社会的地位を確立することにつながるはずだ」

「社会的地位?」琴乃が明日香を見る。明日香も首をひねった。

男は小さくため息をついた。これだからバカは困る。どうせ説明しても分からないだろう。しかし、仲間となる以上、最低限の理解はさせておく必要がある。

「人を殺す、この行為だけで普通の人間は嫌悪感を覚える」と男は続けた。「犯人や殺人犯という言葉は、それだけで忌《い》み嫌うべきものという意識を人に与える。それは長年、社会が培《つちか》ってきた考えによるものだ。しかし、僕らがこれから行う行為は神聖なものだ。世の中から忌諱《きき》される行為と同一に扱われるべきではない。そうさせないためにも、名前が必要なんだ。名前があれば、時間の経過とともに僕らは社会的に認知されるようになる。認知されれば、僕らの行為を支持する人間も現れる。そのためには、『あの連続殺人犯』ではダメだなんだ。どこかユーモラスで、怪しげで、親しみの湧く名前であれば、社会的に僕らをヒーロー視する風潮が生まれる」

「ヒーロー?」琴乃が笑った。

ジロリと琴乃を睨みつける。「何がおかしい」

「人を殺しといて、ヒーローはないと思うけど」

「そんなことはない。大義のためであれば、人を殺せば殺すほどヒーローになれる」

「まさか」

「いいかい。歴史上で英雄と崇《あが》められている人物は、必ず多くの人間を殺している。始皇帝しかり、カエサルしかり、ナポレオンしかりだ。信長や秀吉、家康も数え切れないぐらいの人を殺している。でも、彼らを人殺し呼ばわりする者はいない」

「そんなの大昔の話でしょ」

「大昔? 古くてたかだか二千年前の話だよ。地球が誕生して四十六億年だ。二千年なんて、つい最近だよ。ましてや、秀吉や家康なんてほんの四百年前の話だ。僕にはたった四百年の間に、人間がそれほど大きく変わっているとは思えない」

「でも、科学は発達してるし」

「発達したのは科学であって人間じゃない。人間は昔も今も大して変わらない。二十一世紀になっても、世界中から戦争や犯罪がなくならないのがその証拠だよ。だからこそ、僕らが今の社会に一石を投じる必要がある。こんな世の中でいいのかと警鐘を鳴らすんだよ。ただし、それを効果的に行うためには名前が必要だ」

そう。名前が必要なのだ。

「社会は犯行のたびにその名前を耳にする。最初は怒るだろう。しかし、そのうち恐怖におののくようになる。その後、恐怖は畏敬の念に変わり、やがては熱狂に変わる」

男はその情景を思い浮かべていた。

「どんな名前ですか」と明日香が訊いた。

男は二人の少女を見つめた。

教えてやろう。おまえたちに神より授かった名前を教えてやる。

「森のくまさん」

は、と琴乃が目をパチクリさせた。明日香もポカンとしている。

「森のくまさんだよ」と男は笑った。「どうだい、最高だろう」

「何、それ？」と琴乃が言った。

「もちろん、僕らの名前だ」

「そんなふざけた名前、バカにされるだけでしょ」

「ふざけてるからいいんだ」

「どうして」

「あの歌詞だよ」

「歌詞？」

「森のくまさんはもともと、『The《ザ》 Bear《ベアー》』というアメリカの民謡でね、原曲は熊と出会った男が逃げ出すというアメリカンジョークのまじった内容だ。その原曲のイメージを残しながら子ども向けに翻訳したものだから、日本語の歌詞はどこか奇妙な感じになっている。でもね、だからこそ印象にも残るんだ。逃げろと言って追いかける。敵なのか味方なのか分からない。最後もどうなったのか疑問を覚える。熊は本来、凶暴な生き物だ。お嬢さんは助かったのか、もしかしたら襲われたのか、歌が終わったあともさまざまな想像を喚起させる。この歌はまさに芸術だよ。その歌の題名を名前にするんだ。いいと思わないかい」

「確かに印象に残るかもしれません」と明日香が言った。「森のくまさんが人を殺すなんて驚くと思います」

「だろう?」男はうれしくなった。

明日香をチラリとうかがって、「ま、そんなに悪くないかもね」と琴乃が言った。

「じゃあ、決まりだ」男はポンと手を叩いた。「この瞬間から我々は森のくまさんだ」

男は誇らしい気分だった。歌詞はもちろんだが、この名前にこそ意味がある。

男は二人に向かって手を差し出した。

明日香は一瞬戸惑ったが、おそるおそる男の手を握り返した。手のひらはひんやりとしていた。次に琴乃とも握手をする。こちらはじっとりと湿っていた。

「あのう」と明日香が言った。

「なんだい」

「一つ、訊いてもいいですか」

「もちろんだ」

「おまわりさんの名前を教えてください」

「……名前?」訊き返しながら、男はキョトンとした。そして、笑ってしまった。なるほど、確かに名前を名乗っていなかった。「森のくまさん」を名乗ることで満足してしまっていた。

男は改めて自分の服装を見下ろした。制服というものは、本当に楽だ。今のように、その人間の素性を一目で相手に分からせてくれる。

「若林健介だ」と男は名乗った。

「警視庁刑事部捜査一課強行犯捜査三係所属の警部補、若林健介だよ」

男は被っていた帽子を脱いで、目の前にかかげた。正面に警察のマークがついている。男にとって正義のシンボルだった。

「若林、健介さん……」明日香が口の中で繰り返す。

男は制帽を被り直すと、空を見上げた。

相変わらず、どんよりとした曇り空が広がっていた。

＊＊＊

【お前らに】森くま、裁きは終わらない【捕まるか】

21：森くまウォッチャー：201X/12/18 (tue) 07:22:19
都内通り魔暴行事件　森くま事件とは別人か？
昨夜未明、東京都杉並区の路上で帰宅途中の野々宮かおりさん（41）が襲われた事件で、警視庁荻窪署は都内に住む38歳の女を暴行と傷害の容疑で逮捕した。

同署は殺人未遂の疑いでも容疑者の女を追及している。ただし、容疑者がときおり意味不明なことを口走っていることから、慎重に取り調べを進めている。

また事件直後、容疑者が「森のくまさん事件」の犯人であるとの噂が飛び交ったことに対し、同庁は現段階で先の七件の事件と結びつく証拠はないとした。

警察では、被害者の野々宮さんがエスケイ化粧品に勤務していることから、同社が現在抱えるトラブルに関して、容疑者が野々宮さんを逆恨みした可能性があると見ている。野々宮さんはエスケイ化粧品におけるトラブル処理の実質上の責任者だった。

２２：森くまウォッチャー：201X/12/18 (tue) 07:25:45
ニセモノ確定

２３：森くまウォッチャー：201X/12/18 (tue) 07:27:32
容疑者の名前、消えたね

２４：森くまウォッチャー：201X/12/18 (tue) 07:28:21
もしかしてキ◯ガイ？

25：森くまウォッチャー：201X/12/18 (tue) 07:30:38
森くま、佐々木のババアも殺してくれ

26：森くまウォッチャー：201X/12/18 (tue) 07:32:12
SKはオワコン

19

「イヤよ」琴乃が携帯電話に向かってきっぱりと言い切る。「もう決めたの。だから、あんたがやらないって言うんなら、あたしたちだけでやるわ」

守山明日香は横で聞きながら、ドキドキしていた。電話の相手は若林健介だ。琴乃の耳元から声がもれ聞こえてくるが、何を言っているのかまでは分からない。

ネットカフェに来ていた。個室に琴乃と二人でいる。パソコンの画面には、ネット上の掲示板が表示されていた。具体名の書かれた悪口や誹謗中傷《ひぼうちゅうしょう》が、上からズラッと並んでいる。

書き込みのときは、すぐに逃げる必要があるので気を使わなければならない。それに比べると、ターゲットを探すのは楽だった。

明日香たちが掲示板で「サイテーな人間」を探し始めたころに比べて、近ごろはこの手の書き込みが明らかに多くなっていた。間違いなく、「森のくまさん」の影響だろう。最初のころは、具体名まで書かれた書き込みを見つけるのに苦労したが、最近ではあまりに多すぎて逆に絞り込むのが難しいぐらいだ。

「どうして時期尚早なのよ」琴乃が鼻で笑った。「昨日の事件だって知ってるでしょ。中年の女が襲われたって事件、あれだってあたしたちのニセモノじゃない。あんなのまで出てきてるのに、まだ早いとかバカじゃないの」

琴乃の物言いにヒヤヒヤしていた。健介を怒らすのではないかと心配だった。見放されたら困る——。

「森のくまさん」が成り立っているのは健介のおかげだ。いくら相手が「サイテーな人間」とはいえ、明日香が自分で「裁き」を下すことはできない。琴乃だってそれは同じだろう。そういった意味で、健介は森のくまさんの中心的存在だった。逆らってはいけないのだ。

それに明日香としては別の心配もあった。

健介さんに嫌われたくない——。

琴乃には内緒で、健介とは二人で何度か会っていた。健介は大人で本当にステキだった。そのときのことを考えるだけで、全身が熱くなってくる。健介のぬくもりは、目を閉じればすぐにでもよみがえってきた。思い出すだけで恍惚《こうこつ》としてしまう。

「本当におまわりさんとはなんにもないんだよね」

琴乃は最近、ことあるごとにそう訊いてくる。いい加減、うんざりしていた。琴乃の想像はきっと下品だ。健介との間にあるのは、そんな汚らしいものではない。

——どうして制服を着てるんですか。

先日、健介の腕の中で訊いた質問を思い出す。刑事は制服を着ないものだと明日香は思っていたからだ。テレビで刑事役の俳優が制服を着ていることはない。しかし、健介はいつもきちんと警察官の制服を着ている。

「もちろん普段の捜査は私服だ」健介は耳元でささやくように言った。「でも、プライベートでは手帳を見せるわけにもいかない。だから、制服は記号として必須なんだ」

「記号?」

「僕が警察官であると分からせるためのね。それに制服は正装だ。森のくまさんとして正義の裁きを行うには、ピッタリなんだよ。そう思わないかい」

健介のささやきはいつも甘く優しい。明日香の心にスッと入りこんでは、心地よい気分にさせてくれる。

「どうしてそんなこと訊くんだい」

明日香は照れくさくて、健介の胸に額を押しつけながら、「好きなんです」と小さな声で告げた。「健介さんの制服姿が」

「別に、あんたが反対したってかまわないわ」琴乃がチラリと明日香を見た。「あたしたちはもうやるって決めたの。これ以上はガマンならないのよ」

健介に逆らう琴乃を見ているのは気が気でなかった。しかし、琴乃の言っていることは明日香の本心でもある。

さすがにそろそろいいのではないか。

「森のくまさん」はもはや社会現象になっている。これこそ最初に健介が言っていた、「殺してもいい環境」が整ったということだろう。

しかし、いまだに健介は「城之内美加子」を殺そうとは言ってくれない。その話を持ち出すと、「もう少しだな」と言われてしまう。その「もう少し」がいつなのか、さすがに明日香も焦《じ》れ始めていた。

だから、琴乃が反抗してくれるのは、ある意味、ありがたかった。自分が反抗して嫌われるのは嫌だが、琴乃が健介に嫌われようがどうでもいい。

最近、琴乃には「森のくまさん」から抜けてもらってもいいと思い始めていた。「サイテーな人間」は、いまや明日香一人でも探せる。IPアドレスを偽装した書き込みにもすっかり慣れた。琴乃が美加子の殺害を強行して、健介の怒りを買い、「森のくまさん」から抜けることになれば、一石二鳥だった。そうすれば、「森のくまさん」は明日香と健介の二人だけになる。魅力的な想像だった。

美加子の「サイテー」な行為に関する書き込みは、琴乃が密かに行っていたという。一週間ほど前に実名もさらしたらしい。だとしたら、準備としては充分だった。あとは実行に移すだけだ。ただ、そのためには健介が首を縦に振る必要があった。

「もう七人よ。まさか一人を殺《や》るために七人も殺したなんて誰も思わないわ」

琴乃の表情がパッと明るくなる。明日香を見ると、親指を立てた。

明日香は目を見開いた。「いいって？」と勢い込んで訊く。

琴乃が頷いた。「――ええ、そうね。明日香もよろこんでるわ」

心がスッと軽くなる。目の前の霧が晴れていく気がした。

「決行日は決めてあるわ。三日後、十二月二十一日の金曜日よ。終業式なの。決着をつけるわ――もちろん、実行場所も下調べ済みよ。あいつの最寄り駅から自宅の間に、ちょうどいい場所があるの。そこなら誰にも見つからないわ――信じられなくても、もう決めたから。あんたがイヤなら、実際に殺すのもあたしがやるし」

え、と明日香は声を出した。琴乃が明日香を見て微笑む。

実際に、殺す――？

「じゃあね。当日の時間はまた連絡する」

琴乃が電話を切ると息をついた。明日香を見て笑う。

「やったね。これでとうとう城之内を殺れるよ」

「琴乃ちゃん、今、自分で殺るって言ったの？」

「驚いた？」琴乃がニィーッと笑った。

「あたしから明日香へのクリスマスプレゼントよ」

＊＊＊

エスケイ佐々木社長の会見について

1：名無し口は災いさん：201X/12/20 (thu) 16:02:24
反省は本当？　佐々木社長「うるせえな」のつぶやき

昨日、都内のホテルで行われたエスケイ化粧品、佐々木恵子社長（52）の会見に対して、ネット上で非難が殺到している。

会見では、前日未明に同社の顧客から暴行を受けて入院中のNマネージャーの解雇と自身を含む役員以上の三か月の給与返上が発表された。

問題視されているのは、会見の最後に大日本テレビ「お昼のワイドショー」のマイクが拾った、佐々木社長の「うるせえな」の一言だ。本人は聞こえていないと思っていたらしい。

同社はすぐに、「世間の皆様に誤解を与える発言をしたことを、本人も深く反省しております」とのコメントを発表したが、一部ではエスケイ製品の不買運動を呼びかける動きもあり、しばらく混乱は収まりそうにない。

またNマネージャーに関しては、顧客を不愉快にさせる対応をした責任を取らせたと説明しているが、これにも非難が殺到している。ネット上でエスケイの関係者や顧客と思われる人々から、「マネージャーは悪くない」との声が多数上がっている。

エスケイはクレンジング問題の発覚後、売上が急激に落ち込んでおり、対応を誤ると、佐々木社長の責任問題にも発展しそうだ。美のカリスマとしてもてはやされた時代の寵児は、ますます苦しい立場に追い込まれたといえる。

2：名無し口は災いさん：201X/12/20 (thu) 16:10:36

佐々木は氏ね

3：名無し口は災いさん：201X/12/20 (thu) 16:15:45
このマネージャー、かわいそすぎ

4：名無し口は災いさん：201X/12/20 (thu) 16:18:09
不買は賛成

20

手にしたメモと目の前の看板を見比べた。

白樺ハイツ——。

「ここだ……」菜々美は顔を上げた。

錆びついた鉄の柵が、入り口で開きっぱなしになっていた。その奥、一段高くなった位置からがアパートの敷地になっている。左側には、二階へと上がる階段があった。右側には、部屋のドアが横一列に五つ並んでいる。いずれもベニア板のような薄いドアだった。

携帯で時間を確認する。まもなく午後二時になろうとしていた。

正則が暮らすアパートの前まで来ていた。正則はこの白樺ハイツの203号室に住んでいる。はたして今は部屋にいるのだろうか。事前に約束はしていなかった。

十二月二十一日、金曜日。

先日、正則が電話で語った内容が正しければ、今日は家庭教師のはずだ。しかし、それはあり得ないだろうと菜々美は思っていた。

付き合い始めて一年以上になるが、正則のアパートに来るのは初めてだった。住所は今年の正月に年賀状を出す際に聞いていたが、実際に来たことはなかった。

友だちにそのことを話すと、「えー、信じられない」といつも言われる。「隠してることでもあるんじゃないの」とイジワルなことを言う子もいた。そんなとき、菜々美はいつも笑いながら、「まーくんはそんなことないよ」と応じていた。

しかし、今となっては友人たちの指摘は正しかったかもしれないと思っている。隠したいことがあったからこそ、正則は菜々美を自宅に呼ばなかったのかもしれない。

初めてとなった今日、菜々美は別れ話をしにここまで来ていた。

一歩下がって、改めて建物を眺める。

年季の入った二階建てのアパートだった。全体的に黒ずんでいて、壁にはところどころタテやヨコにひびが入っている。陽当たりもよさそうには思えなかった。

正則はここで暮らしていたのか。

意外な気はしなかった。もともと、アルバイトで生計を立てながら、大学に通っているとは信じていた。贅沢《ぜいたく》な暮らしをしていると思っていたわけではない。

――菜々美、佐竹くんに会ったらしいじゃん。

昨日、大学で講義の前に、美香が話しかけてきた。正則と出会った「合コン」を主催した友人だ。菜々美を捜していたという。

「彼からいきなり電話があってさ、あんたと合コンしたいって言うんだよね」と美香があきれたように笑う。「ひどいと思わない？　別れた彼女に、合コンのためだけに、わざわざ電話してきたんだよ」

しかし、美香も別のT大生に乗り換えたことが佐竹と別れた理由だという。どっちもどっちだ。隣にいたひよりも苦笑いしていた。

「どうする？　やる？」

「やめとく」

「そお？　でも、あいつが連れてくるのは、基本的にT大生だから、やる価値はあると思うよ。あいつ自身は、吹けば飛ぶような軽さだけどさ」

「あたし、彼氏いるから」

「彼氏？」美香が眉をひそめた。「それって、九門って子のこと？」

菜々美は頷いた。

美香は意外そうに、「別れたんじゃないの？」と訊いてきた。佐竹からそう聞いているのかもしれない。あれだけ嫌な噂を吹き込まれたのだから、そう思われるのも仕方がない気がした。

「別れてないよ」

「へえ……」と美香が考え込む。しばらく迷った様子を見せてから続けた。

「悪いことは言わないから、彼とは別れたほうがいいよ」

ひよりと顔を見あわす。「どうして」と訊き返した。

「佐竹くんから聞かなかった？」

「ほかに彼女がいるって話？」

「そうじゃなくて」と美香が申し訳なさそうに菜々美を見つめた。

「あたし、あんたが彼と付き合ってるって知らなかったんだよね。知ってたら、もっと早く教えたんだけど」

「何のこと？」

美香は言いにくそうにしていたが、やがてため息をついた。

「彼、実はね――」

携帯の着信履歴から正則の番号を呼び出す。発信ボタンを押す瞬間、手が震えた。呼び出し音が鳴り始める。同時に、頭の上から電話の音が聞こえた。顔を上げる。

階段の上に、正則が立っていた。手に紙袋を提げている。肩からは見慣れたショルダーバッグをかけ、中に手を突っ込んでいた。驚いたように目を見開いている。

正則がバッグから携帯を取り出した。音が大きくなる。画面を確認してから、菜々美を改めて見つめた。

菜々美の耳元では、呼び出し音が鳴り続けている。それが留守番電話のメッセージに変わった。「こちらは——」

電話を切った。正則と見つめあう格好になる。

正則が階段を下りてきた。ギシ、ギシときしむ音が聞こえる。菜々美は黙ったまま待っていた。

「菜々美……」と正則が笑顔を見せる。ただし、口元が引きつっていた。「どうして、ここにいるの」

「話があって来たの」

「連絡くれたらよかったのに」

「ゴメンね」

「いいけどさ」正則が携帯にチラリと目をやった。落ち着きなくメガネの位置を直す。「でも、今からバイトなんだよね」

菜々美は気づかれないように小さくため息をついた。やはり、そう言い張るらしい。

「このまえ、電話で話したろ。金曜は家庭教師なんだ」

「そうだったね」と微笑む。「忘れてた」

「相変わらずだなあ」と正則が笑う。「ま、菜々美らしいけど」

「じゃあ、今から話をするのはムリかな」

「そうだね」正則が再び携帯を見る。「ちょっと厳しいかも」

「そう……」

心の中で、何かがガラガラと音を立てて崩れていく。すでに分かっていたことだが、ダメを押されている気分だった。

「話って、健介さんとひよりのことでしょ」

「うん、まあ……」と適当に答える。

「それだったら、簡単には終わらないよね。またでもいいかな」

「いいよ」

「悪いね」

ううん、と菜々美は首を横に振った。「こっちこそ、突然、来ちゃってゴメンね」

全身がフワフワしていた。なぜ自分が謝っているのか、分からなかった。

「でも、よかった」と正則が頬をゆるめる。

「……よかった？」

「久しぶりに菜々美に会えた」と正則が満面の笑みを浮かべた。

顔が歪みかけた。無理やり微笑んで見せる。しかし、「あたしも」とは言えなかった。

「明日の昼なら時間、取れるよ。菜々美はどう？」

「ちょっと分かんない」

「大丈夫そうなら、連絡ちょうだい」

「分かった」

正則がまた携帯を確認した。ずいぶんと時間を気にしているらしい。よほど待ち合わせの相手が大切なのだろう。

「いいよ、行っても」と菜々美は言った。「急いでるんでしょ」

「ホントにゴメンね」

「大丈夫。急に来たあたしが悪いんだから」

「じゃあ、行くね」

「バイバイ」

正則が、菜々美に背中を向けて歩き始める。また携帯を確認していた。

菜々美は後ろ姿をぼんやりと見送っていた。角の手前で、正則が振り返って手を上げた。菜々美も手を振り返す。角の向こうに、正則の姿が見えなくなった。

終わった――。

正則は菜々美が何も知らないと思っているのだろう。簡単にダマせる世間知らずな女ぐらいに考えているのかもしれない。

悔しい――。

初めてそう思った。

顔を上げる。正則が曲がった角を睨みつけた。

家庭教師のバイトをしているはずがない。それなのに、家庭教師だと偽って、いったい何をしに行くのか。

暴いてやろうと思った。それぐらいしないと、気が済まない。

菜々美は大股で歩き出した。正則の曲がった角を足早に目指す。冬の冷たい風が頬をなでていった。

＊＊＊

ＳＫ製品を買うのをやめよう

１：名無し口は災いさん：201X/12/21 (fri) 14:10:21

みなさん、エスケイの商品を買うのをやめましょう

それが一番、会社にはこたえます
ちなみに私はエスケイの社員です

2：名無し口は災いさん：201X/12/21 (fri) 14:10:36
＞＞1
社員さん乙

3：名無し口は災いさん：201X/12/21 (fri) 14:10:55
あの会見を見てＳＫ製品はぜんぶ捨てました
今後も買いません

4：名無し口は災いさん：201X/12/21 (fri) 14:11:07
Ｎさんのクビはひどい
あの人がいちばんお客さんのこと考えてるのに
来週月曜日に辞表を出すつもりです

5：名無し口は災いさん：201X/12/21 (fri) 14:11:44
ＳＫが年明けつぶれてるに１００万ペソ

21

一階まで降りてくると、健介がポケットから携帯を取り出した。「わりい、電話だ」と小走りに隅のほうへと駆けていく。

ひよりはその様子を眺めながら、小さくため息をついた。

午後二時を回っていた。佐藤のお見舞いを終えてきたところだ。相変わらず、佐藤の意識は戻っていない。妻の登紀子は疲れた顔でひよりたちを迎え、娘の友梨亜は無言で見舞いの菓子を食べていた。つまり、以前から何一つ変化がないということだ。

待合所は、前面がガラス張りになっていた。冬の明るい日差しが差し込んでいる。ほとんどのベンチが、順番を待つ患者や付き添いの人たちで埋まっていた。

ひよりは一番端のベンチに腰を下ろした。健介はこちらに丸めた背中を向けている。疲れて見えるのは、ひよりの思い込みのせいばかりではないだろう。

健介に初めて出会ったのは、中学一年の冬だった。雪が降っていた記憶がある。学校帰りに菜々美の家に立ち寄ったとき、当時はまだ交番勤務だった夜勤明けの健介がいた。菜々美から警官だと聞いていたので、勝手に強面《こわもて》の人を想像していた。しかし、

「君がひよりちゃんか」と笑顔を見せた人物は想像とかけ離れていた。

今になって思うと、あのときからひよりは健介に惹《ひ》かれていたのだと思う。当時の健介は二十三歳、世間的には若者だが、ひよりにとっては充分に大人だった。

菜々美のことを「ブラコン」とからかっているが、自分には「ファザコン」の気があると思っている。認めたくはないが、父親がいないことがその理由の一つだろう。

気づいたときには、健介に恋心を抱いていた。十三歳からかれこれ七年になる。ただし、今のような関係になれたのは、ひよりが大学生になってからだ。

一番よろこんだのは、菜々美だった。菜々美に報告するとき、耳まで真っ赤にしていた健介のことは今でも覚えている。その場には、先輩である佐藤もいた。以前からひよりの気持ちに気づいていた佐藤は、ニヤリと笑って「粘り勝ちだな」と親指を立てた。同じく親指を立てたひよりを見て、菜々美が爆笑していた。

健介の電話はまだ続いている。ずいぶんと話し込んでいるようだった。

待合所の前方に、大型の液晶テレビが設置されていた。ワイドショーが流れている。画面の右上に、「佐々木社長の仰天発言！　あなたは許せる？」と白い文字が出ていた。

ひよりは目をそらした。見ると、不愉快な気分になるからだ。

母のかおりは二日間入院して、昨日、退院した。精密検査の結果は異状なし、後遺症もないだろうとのことで一安心だ。ただ、入院中に会社をクビにされてしまった。

水商売を辞めてから、かおりはエスケイ化粧品に十年以上勤めてきた。一生懸命頑張っていたのは、側で見てきたひよりが一番よく知っている。

にもかかわらず、「顧客を不愉快にさせた」との理由で一方的に解雇されてしまった。しかも、母に責任を押しつけたようにしか思えないやり方で。

母を襲ったのは、エスケイ化粧品の顧客だった。母が何度も謝罪に訪れていた女性だ。しかし、実際のところ、この女性はクレンジングによる肌荒れを起こしていなかった。「起こしたと思い込んでいた」だけだという。精神科への通院歴もあり、責任を問えるかどうかは分からないとのことだった。

襲われたとき、母は犯人が誰かすぐに分かったそうだ。しかし、相手が「森のくまさん」を名乗ったため、警察にはそのように証言したという。「ウソじゃないからね」と母は笑っていた。はっきりとは言わなかったが、女性をかばおうとしたのだろう。そこまで顧客を大事にしている母を、会社はあっさりと切り捨てたのだ。

しかし、当の母はあっけらかんとしたものだった。「あの人は昔からあんな感じよ」と特に気にした様子もない。それもひよりにとっては腹立たしかった。もっと怒ってもいいはずなのに、と焦れったくなってしまう。

電話を終えた健介が戻ってくる。伏し目がちで何やら考え込んでいる様子だった。ひよりは腰を上げた。このあとは、二人で話をする約束だった。ただし、どう切り出すかまでは考えてきていない。

確かに、自宅に帰っていない健介の行動は怪しい。しかし、それでも基本的にひよりは健介を信じていた。いや、信じたいと言ったほうがいいかもしれない。

健介が前に立って歩き出す。ひよりはそのあとに続いた。病院を出たところで、健介が振り返った。

「すまない。これから人に会う用事ができた」

え、と声をもらす。「これから?」

「話はまた今度、聞くよ。じゃあな」健介があっさり立ち去ろうとする。

「ちょっと、待ってよ」とさすがに呼び止めた。

健介が立ち止まる。「なんだ?」

「どうして、そうなるわけ?」

「どうして?」

「あたしのほうが先に約束してたでしょ」

健介がため息をついた。「仕方ないだろう。急用なんだ」

「どんな急用? 仕事?」

健介が一瞬、ためらった。視線をそらすと、「まあ、仕事だな」とつぶやく。

「まあってなに?」

健介がひよりを見る。「仕事だ」と言い切った。

「ホントなの」

「ウソついてどうする」

「だって――」

「ひより」と健介が遮った。「ワガママはよしてくれ」

「……は？　ワガママ？」と顔が険しくなる。

「あたしのどこがワガママだっていうの」

「充分、ワガママだろう。仕事の用事なのにダダをこねるなんて、ひよりらしくない」

カッと頭に血が上った。「あたしがいつダダをこねた？」と言い返す。

「今だ」

体が震えそうになる。悔しさが顔に出るのが嫌で下を向いた。

「たった三十分だよ……」声がかすれた。「あたし、普段からほとんど何かを頼むことないじゃん。そのあたしが三十分だけ時間を作ってほしいって頼んだんだよ。それのどこがワガママなの」

「俺は刑事だ」

ひよりは顔を上げた。真っ直ぐに健介を睨みつける。

「刑事なら何やってもいいわけ？」

「そんなことは言ってない。でも、ほかの職業とは明らかに違う。それは、ひよりもよく分かってるだろう」

「もちろん分かってるわ。だから、事前に言ったんじゃない。それなのに――」

「ひより……」健介がため息をつく。「いい加減にしてくれ」

「いい加減にするのはそっちでしょ」

健介が当惑した表情を浮かべる。「……どういう意味だ？」

言っちゃダメだと思った。健介と仲たがいしたいわけではない。大丈夫なのか心配しているだけなのに――。

「家に帰らないで、どこに行ってるの」訊いた声は低くなった。

健介が明らかにギクリとした。視線が宙を泳ぐ。一瞬、ごまかすかどうか迷ったように見えた。

「驚いたな」結局、健介は開き直ったような笑みを浮かべた。「どうして知ってるんだ」と訊いてくる。

「どこに行ってるの」それには答えず、ひよりはさらに質問した。

「ひよりには関係ないことだ」

再び、下を向く。涙が出てきそうだった。自分はいったい健介の何なのだろう。

「いいよ、もう」とひよりは口にした。「早く行って」

「ひより」

名前を呼ばれたが、顔は上げない。

「ひより」

じっと地面を見つめている。

健介のため息が聞こえた。「じゃあ、行くから」

返事はしなかった。

行きかけた健介が立ち止まる。

「俺はひよりを裏切るようなことは一切してない。ただ――」

健介が言葉を切る。ひよりは顔を伏せたまま、続きを待った。

「いずれ話せるときがきたら、ちゃんと話す。だから、今はそっとしておいてくれ」

＊＊＊

SK製品を買うのをやめよう
89：名無しは災いさん：201X/12/21 (fri) 14:14:32
あの会見はふざけすぎ

佐々木は死んだほうがいい

90：名無し口は災いさん：201X/12/21 (fri) 14:14:47
レスの伸び方がすごいね

91：名無し口は災いさん：201X/12/21 (fri) 14:15:55
>>90
それだけみんなが怒りをおぼえてる証拠

92：名無し口は災いさん：201X/12/21 (fri) 14:16:18
Nマネージャーはうちに謝罪に来た人です
とても誠実な対応をしてもらいました

93：名無し口は災いさん：201X/12/21 (fri) 14:17:29
>>92
マネージャーさん、自演乙

94：名無し口は災いさん：201X/12/21 (fri) 14:18:01
>>93

自演じゃねえよ

22

城之内美加子の姿が見えると、明日香は全身が強張るのを感じた。ほとんど条件反射だ。四月から執拗《しつよう》にいじめられたせいだろう。

美加子は不機嫌そうな顔で歩いていた。こうして眺めていると、普通の女子高生にしか見えない。しかし、明日香は知っている。あれは鬼だ。「サイテーな人間」だ。

携帯を取り出すと、画面に目をやった。健介の写真、一枚だけ隠し撮りしたものだ。

大丈夫だ。言われたとおりにやれば何もかもうまくいく。

携帯をスカートのポケットに入れる。意を決して、角から歩み出た。

気づいた美加子が足を止める。一瞬のうちに表情が険しくなった。

「あんた、こんなとこで何してんの？」美加子が低い声で言った。

「あ、あなたを待ってたの」ひるみそうになるのをこらえて言い返す。

「……あたしを？」

「言いたいことがあるの」

「言いたいこと？」美加子が一歩前に出る。

明日香は後ずさりした。

「何よ、言ってみなさいよ」

明日香はゴクリと喉を鳴らした。美加子を睨みつけると、カバンから袋を取り出す。

中身を美加子に向かって投げつけた。

「きゃ！」

広がった砂がモロに美加子にかかる。顔が砂で白くなった。

「ちょっと！」と美加子が怒鳴る。

「あなたなんか、それぐらいされて当然よ。あたしなんか、もっとひどいことされてきたんだから」

「ふざけんな！」

ビクリとする。美加子の両目から涙がつたった。白くなった顔に二本の線ができる。

「こんなことして、どうなるか分かってんでしょうね」

美加子が明日香の腕をつかもうとした。

「触んないで！」と突き飛ばす。

明日香は踵《きびす》を返すと、その場から駆けだした。

「待て、コラ！」と美加子が追いかけてくる。

明日香は必死で住宅街の細道を逃げた。右へ左へと曲がりながら全力で駆ける。すぐに息が上がった。胸が張り裂けそうになる。しかし、捕まるわけにはいかない。捕まったら計画どおりにいかなくなってしまう。それだけはイヤだ。

長い直線をとにかく駆けた。つまづいて転びそうになる。しかし、こらえて足を前へと動かし続けた。

目の前に、再び曲がり角が迫ってきた。あの角を曲がれば、目的の場所まではあと少しだ。そこまで美加子をおびき出せれば――。

曲がる直前に、後ろを振り返った。思ったより、美加子との距離が離れていた。五十メートル近くは開いている。

明日香は角を曲がると、一旦、走る速度をゆるめた。捕まるわけにはいかないが、完全に振り切ってしまっては意味がない。目的の場所まで美加子をおびき出すのが、明日香の役目だった。

少し先まで行って足を止める。しばらく様子をうかがっていたが、美加子がやってくる様子はなかった。

あきらめたのだろうか――不安が胸をよぎる。

明日香は曲がってきた角へと戻り始めた。すぐに駆けだせるように注意しながら、一歩一歩、慎重に足を進める。

角まであと数メートルまで来たとき、突然、頭上でガサッと物音が聞こえた。ハッと見上げる。思わず声を上げそうになった。

塀の上から、美加子がのぞき込んでいた。砂で白くなった顔には、涙のほかに汗の線が何本も走っている。美加子がニヤリと笑った。全身に鳥肌が立つ。

「逃がさないわ」

美加子が塀に両手をかけて、体を持ち上げた。一気に飛び越えてくる。大きな音とともに着地した。顔を上げると、ジロリと明日香を睨みつける。

「ひ……」明日香は一歩しりぞいた。

美加子の手が伸びてきて、明日香の右腕をつかむ。強い力に思わず声を上げそうになった。振りほどこうとするが、今度は美加子も簡単には放さない。

パン――。

平手で頰を打たれた。高い音が周囲に響き渡る。遅れて痛みがやってきた。

「放して！」

「騒ぐな！」美加子が明日香の髪をわしづかみにした。「このままむしるわよ」

手に力がこもる。抵抗したら、本当に髪を引きちぎられそうだった。

「そうだ」美加子が口元に笑みを浮かべる。「ちょうどいい場所があるのよ」と明日香の髪を引っ張りながら歩きだした。

逆らえず、ヨタヨタとついていく。

「この先に、バブルがはじけたせいで閉鎖になった工場があるの。そこって近所の人も来ないのよ。あんたの話をたっぷり聞いてあげられるわ」

転ばないようにするので必死だった。走っていたときとは違う種類の汗が噴き出してくる。しばらくそのまま歩かされた。

突き飛ばされて倒れ込む。顔を上げると、美加子が地面を蹴り上げるのが見えた。砂が飛んでくる。防ごうと手をかざしたが、美加子はキャハハと笑いながらさらに地面を蹴り上げた。

「どう？　砂の味は？」

突然、ゴッと鈍い音が聞こえた。

「うう……」とうめき声を上げて、美加子がその場にうずくまる。

顔を上げると、琴乃が金属バットを手に仁王立ちしていた。

「大丈夫？」と屈み込んで明日香の背に手をそえてくる。

「平気」明日香は琴乃の手を押し返した。周囲を見渡す。

先ほど美加子が言った「閉鎖になった工場」だった。ずいぶん放置されているらしく、窓ガラスはすべて割られ、壁にもいたるところにスプレーで落書きがされている。

美加子の通学路を調べた琴乃が見つけた場所だった。夜は不良のたまり場になっていて、近所から苦情が絶えないという。その印象が強いせいか、昼でもまず人が来ることはないらしい。明日香たちの計画にはうってつけの場所だった。

明日香は腰を上げた。口の中がジャリジャリして気持ち悪い。吐き出そうとして、ふと思いついた。美加子に向かって、ペッと唾を吐きかける。

「何すんのよ！」美加子が顔を上げた。

思わず息を飲む。美加子の顔半分が赤く血で染まっていた。

明日香の表情を見て、美加子が自分の頬に触れる。血のついた手を見て目を見開いた。ワナワナと震えだす。

「こんなことしてどうなるか分かってんでしょうね」と琴乃を睨みつける。

琴乃は平然と美加子を見下ろしていた。

「訴えるからね」と美加子が続ける。「傷害事件として訴えてやる。それであんたの人生なんて——」

琴乃がいきなりバットで美加子を横殴りにした。鈍い音がして、美加子が衝撃で横を向く。ワンテンポ遅れて、ゆっくりと地面に倒れ込んだ。

「うう……」とうなり声が美加子の口からもれる。

「あんたさあ、自分の立場、分かってるわけ？」琴乃がバットを肩に担いだ。「いくら訴えたくても、あんたにもうそんなことできる機会はないのよ」

美加子はうなり続けていた。左手で殴られた部分をさすりながら、右手で地面をかきむしっている。「いたいよお……」

琴乃がポケットからオモチャの手錠を二つ取り出した。一つを明日香に渡す。

「足首につけて」

そう指示すると、自分はしゃがんで美加子の両腕を背中へとひねり上げた。美加子が抵抗しようとすると、後頭部に頭突きを食らわす。美加子は抵抗をやめて、ポロポロと涙をこぼし始めた。琴乃が手錠をはめる。

「明日香も早く」

あわてて美加子の足首に手錠をはめた。カチャリと軽い金属音が響く。

琴乃はいつの間にかビニールテープを手にしていた。美加子の口に貼りつけている。美加子は無抵抗のまま、グズグズと鼻をすすっていた。

「怖いでしょ」琴乃が美加子の背後からささやく。「こういう恐怖をイジめられるほうはいつも味わってるのよ」

琴乃が立ち上がった。明日香を見る。「足のほう持ってくれる?」

美加子のふくらはぎを両脇に抱え込む。琴乃はバットを手にしたまま、頭のほうを持ち上げた。美加子は一瞬、体をよじっただけで、激しく逆らうことはなかった。

琴乃が後ろ向きに、建物のほうへと向かっていく。明日香はチラリと美加子の顔を見やった。表情が虚《うつ》ろだった。

建物の中は、机や椅子が放置されていた。ほかには菓子袋や空き缶、ペットボトルといったゴミに加え、吸殻が散乱している。

琴乃は奥の壁の前まで行くと、いきなり手を離した。

ゴン――。

鈍い音を立てて、美加子の後頭部が床にぶつかる。

明日香も驚いて手を離してしまった。

今度は、かかとがぶつかる。

美加子がうめき声を上げながら、その場でのた打ち回った。

「こういう城之内が見たかったのよね」琴乃が愉快そうに笑う。しゃがみ込むと、美加子の髪をつかんで、グイッと顔を引き上げた。

「ねえ、森のくまさんって知ってる?」

口を閉じられている美加子は、当然、答えることができない。

「あれってね、あたしたちのことなの」

美加子が目を見開いた。琴乃と明日香の間を視線が往復する。

「信じられないでしょ」と琴乃が続けた。「別にいいわ。信じてもらう必要なんてないもの。あんたはどうせ死ぬんだしね」

琴乃が手を離した。美加子が床に額をぶつける。鈍い音のあとにうめき声が続いた。
琴乃は腰を上げると、金属バットを床にこすりつけた。ガリガリと嫌な音が響く。
「右手？」と美加子の右手にバットの先を向けた。
「左手？」と今度は左手にバットの先を向ける。
「それとも右足？　左足？」と順に口にした場所にバットを向ける。
美加子の目に恐怖の色が浮かんだ。
「それとも——」琴乃が美加子の鼻先にバットを突きつけた。
「ここがいい？」
美加子が後ずさった。ゆるゆると首を横に振る。
「琴乃ちゃん、それは健介さんの役目でしょ」明日香は思わず口を挟んだ。
琴乃が明日香を見やった。
「この前、言ったでしょ」とニッコリと笑う。
「これは、あたしから明日香へのクリスマスプレゼントよ」

＊＊＊

SK製品を買うのをやめよう

148：名無しは災いさん：201X/12/21（fri）14:20:43
エスケイ製品を愛用していた主婦です
今回のクレンジング問題の被害者でもあります

Nさんには5年間、担当してもらっていました
イヤな思いをしたことは一度もありません
今回も誠心誠意、対応してもらったと思っています

でも会社の処分にはガッカリしました
もうエスケイの製品は使いません

149：名無しは災いさん：201X/12/21（fri）14:21:58
>>148
当事者の意見は説得力あるね

150：名無しは災いさん：201X/12/21（fri）14:22:24
俺は男だが、嫁にSKは使うなと言った

151：名無し口は災いさん：201X/12/21 (fri) 14:23:29
俺はオカマだが、彼女にＳＫは使うなと言った

152：名無し口は災いさん：201X/12/21 (fri) 14:24:40
>>151
オカマなら使うの君自身でしょ

153：名無し口は災いさん：201X/12/21 (fri) 14:25:12
Ｎを襲ったのはただのキ○ガイ
エスケイの社長もただのキチ○イ

23

正則の姿が見えなくなってから、五分以上が経過していた。

足元から十二月の寒さが忍びあがってくる。植え込みの陰に隠れながら、菜々美は一人で震えていた。

こんなことなら、スカートではなくパンツにすればよかった。せめてブーツをはい

てきたら、ここまで寒くはなかったのに。しかし、今さら後悔しても遅い。もともと、こんなことをするつもりはなかったのだ。文句を言っても、仕方がなかった。

それにしても——と前方をうかがう。菜々美の視線の先には、トイレがあった。

正則のあとをつけて、見知らぬ公園に来ていた。電車も入れて、ここまで三十分ぐらいかかっている。正則もそれほど詳しい土地ではないらしく、駅前で地図を眺めてから、この公園まで来ていた。そして、トイレに入ったまま五分以上が経過している。

いったい、正則は何をしているのだろう。家庭教師の準備をするような場所にも思えない。第一、正則が家庭教師をしていることを、菜々美は嘘だと確信していた。

ため息をつく。

正則がトイレから出てくる様子は、まったくなかった。本当に中にいるのかさえ、不安になってくる。しかし、男女ともトイレの出入り口は左右に一か所ずつしかない。菜々美の場所からは、どちらもはっきりと見ることができた。いくら自分がぼんやりしていても、見落とすことはないだろう。

足元がさらに冷えてくる。つま先がジンジンした。せめて日なたに出られればいいが、陽のあたる場所では、正則がトイレから出てきたときに見つかってしまう。

ふと、ひよりにメールをしておこうと思った。

ひよりは菜々美が正則に会いにきたことを知っている。どうなったのか心配して、連絡を待っているかもしれない。

ひよりは今日、健介と佐藤の見舞いに行くと話していた。そういえば、このあたりは佐藤の病院から近い。南板橋総合病院は、ここから一つ先の駅にあった。

どのようなメールにしようか考えて、（やっぱりダメみたい）と打って送信した。直接、別れ話をしたわけではないが、今日の正則の態度を見て、もう無理だ、と菜々美自身が感じていた。

メールを送ると、すぐに電話がかかってきた。（野々宮ひより）と表示されている。菜々美は、人の名前はフルネームで登録するようにしていた。兄でさえ、（若林健介）としている。

トイレのほうをうかがいながら、「もしもし」と小声で電話に出る。

「大丈夫？」といきなり訊かれた。

「大丈夫……なのかな」自分でもよく分からなかった。

「九門くんはウソを認めたの」

「そういうわけじゃないけど」

「じゃあ、認めなかったの」

「それも違う」

ひよりが戸惑ったように、「どういうこと？」と訊いた。

菜々美はため息をついた。「確認するまでもないかなと思って」

「どうして」

「だって、確かめたって変わらないもん」

「それはそうだけどね」ひよりが苦笑いした。「あんたがいいんならいいけど」

「でも、やっぱり悔しい」

「悔しい？」

「だって、ダマされてたんだよ」

「まあねえ」

「だから、最後にギョッと思わせてやろうと思って」

「ギョ？」

「誰かに会うみたいだから、あとをつけてるの」

「あとを？」ひよりが驚いた声を上げる。「尾行ってこと？」

「そう」と笑った。「お兄ちゃんみたいだよね」

「で、今はどこ？」

「公園」

「どこの？」

「板橋のほう」

「板橋？　板橋のどこ？」

「佐藤さんの病院の近く」

「ウソでしょ」

「どうしてウソなの」と不思議に思って訊き返す。

「あたしも今、その近くにいるから」

「あ、そっか。お見舞いに行ってたんだもんね。まだお兄ちゃんと一緒？」

「ああ、まあ……」とひよりが言葉をにごす。

「お話はできた？」

「いや……」

なんだか様子がおかしい。「どうかしたの」と訊いた。

「別に……」とひよりははっきりと答えない。「てか、どうして公園なんかにいるの」

と逆に質問された。

「まーくん――九門くんがトイレに入ってるの」

「トイレ？」

「しばらく出てこないんだよね。何やってるんだろ」

「あたしたちもね」

「え？」

「なんでもない。それより、その尾行はいつまで続けるの」

「いつだろ。誰かと会ったらかな？　よく分かんない」

「どうせ別れるって決めたんなら、あんまり深追いしないほうがいいわよ」

「うん」

「あとで連絡するから、一緒に帰ろう」

「分かった」

電話を切ると、菜々美はため息をついた。ひよりの前では平気そうに振る舞ったが、内心はかなり傷ついている。胸にぽっかりと穴が空いたような気分だった。

つい先日まで好きだった相手だ。いや、実際は今でも好きという気持ちがないと言えば嘘になる。そう簡単に割り切れるわけではなかった。

自分はなぜ正則のあとをつけているのだろう。もしかしたら、謝罪を期待する気持ちがどこかにあるのかもしれない。

指先がかじかんでいる。手に息を吹きかけた。再び、前方のトイレへと視線を向ける。いまだに正則が出てくる気配はなかった。

＊＊＊

SK製品を買うのをやめよう

199：名無し口は災いさん：201X/12/21 (fri) 14:31:54
私の家にもNさんは謝罪にきました
とても誠実でした
普通はあれでイヤな感じは受けないと思います
もちろん肌荒れの程度もあると思うけど、
襲うのは筋違いだと思います

200：名無し口は災いさん：201X/12/21 (fri) 14:33:09
このスレ、SK製品の不買スレなのに、
マネージャー擁護のコメントが異常に多い

201：名無し口は災いさん：201X/12/21 (fri) 14:33:35
佐々木の「うるせえな」はどう考えても非常識

202：名無し口は災いさん：201X/12/21 (fri) 14:33:48
SK製品を取り扱ってるコンビニは早急に撤去すべき

203：名無し口は災いさん：201X/12/21 (fri) 14:34:15

>>200

いいマネージャーさんだったんじゃないの？

204：名無し口は災いさん：201X/12/21 (fri) 14:34:38

エスケイの社員です

佐々木社長は早急に辞めるべきです

でないと社員はみんな退社します

社員のいない会社なんてあり得るんですか

社長が辞任して、Nさんが復帰することを望みます

24

電話を切ると、ひよりはふうっと息をついた。思わず、苦笑いしてしまう。さすがに自分も健介のあとをつけているとは言えなかった。

携帯をしまうと、顔を上げる。

街の外れまで来ていた。横には、片側二車線の幹線道路が走っている。目の前に、さびれたファミリーレストランがあった。

健介が行ってしまったあと、ひよりはしばらく病院の前で途方に暮れていた。

ひよりは健介のことが心配なだけだ。だからこそ、話をしたいと思ったのだ。しかし、その思いが本人に伝わることはなかった。

そう考えると、腹が立った。確かに、時間がほしいとしつこく主張したのは、ワガママだったかもしれない。しかし、行動がおかしいのは健介のほうなのだ。ひよりが邪魔者扱いされる筋合いはない。

急いで、健介のあとを追いかけた。一言、言ってやりたいと思ったからだ。でないと、気持ちがおさまらなかった。

まもなく駅というところで、健介の背中が見えた。改札に入るところで声をかけようと決めて足をゆるめた。しかし、健介は改札の手前で曲がると、ガードをくぐって、駅の反対側へと抜けていった。

意外だった。仕事だというので、本部のほうに戻るものだとばかり思っていた。待ち合わせは、この近くなのだろうか。

その時点で呼び止めてもよかった。しかし、モタモタしているうちに、声をかけそびれてしまった。よくないことだと思いつつ、ひよりはここまで健介のあとをつけてきていた。

そうして、健介は目の前のレストランへと入っていった。それから十分、ひよりは少し離れた電柱の後ろから店の入り口を眺めている。中の様子をうかがい知ることはできなかった。

ため息をつく。

馬鹿なことをしているなと思う。こんなことをしたところで、健介との関係がよくなるわけではない。むしろ、バレたら怒らせてしまうだけだろう。しかし、ここまで来て帰るわけにもいかなかった。

それにしても、健介はどうしてしまったのだろう。

以前の健介は、どんなに忙しくても、ぞんざいな態度を取ることはなかった。疲れているときでも、こっちが申し訳なく感じるほど優しかった。先ほどのイライラした様子は、健介らしくない。いかにも心に余裕がないといった印象だった。

やはり、佐藤の事件のせいだろうか。きっかけとしては、それしか思いつかない。

ふと、菜々美が言っていたことを思い出した。暗い部屋で、警官の制服を見つめながら、健介が口にしたというセリフだ。

――何のために、俺たちは命を張ってるんだろう。

「俺たち」には、佐藤も含まれているに違いない。健介にとって、佐藤は警察官の象徴のような存在だ。その佐藤が理不尽な目にあわされたことが、よほど耐えがたく悔しかったのかもしれない。

——今のお兄ちゃん見てると、根っこが揺らいでるように見えて心配なの。

菜々美の気持ちは分かる気がした。だから、ひよりも健介を見ていて不安になるのだ。胸騒ぎがしてしまう。

レストランの駐車場へと目を向けた。二十台ほど停車できるスペースは、半分ほど埋まっていた。車高が低かったり、ステッカーが貼ってあったりと、いかにも暴走族が乗りそうな車ばかりが止めてある。あまりガラが良い場所には思えない。健介はここで誰かと会うつもりなのだろうか。

「おい——」

突然、声をかけられて、ギクリとした。

振り向くと、坊主頭の若い男が立っていた。二十代半ばだろうか。よく日に焼けて、ガッシリとした体つきをしている。鋭い目でひよりを睨んでいた。

「さっきから、そこで何をしてる?」

「あ、いや……」とひよりは後ずさった。「別に、何も……」

「じゃあ、どうして若林さんのあとをつけてた」

え、と動揺した。男の口から健介の名前が出てくるとは想像もしていなかった。

男は探るようにひよりを見つめていた。手が伸びてきて、ひよりの腕をつかむ。
「ちょっと一緒に来てもらおうか」

＊＊＊

ＳＫ製品を買うのをやめよう

２５２：名無しは災いさん：201X/12/21 (fri) 14:40:05
佐々木はさっさと辞めるべき
でないと社員がかわいそう

２５３：名無しは災いさん：201X/12/21 (fri) 14:40:39
>>２５２
佐々木「うるせえなぁ」

２５４：名無しは災いさん：201X/12/21 (fri) 14:41:24
もともとＳＫの製品はよくない
こんなもの使う奴がバカ

２５５：名無し口は災いさん：201X/12/21 (fri) 14:42:09
＞＞２５４
バカっていう奴がバカ

２５６：名無し口は災いさん：201X/12/21 (fri) 14:42:37
＞＞２５５
いやん、バカン

２５７：名無し口は災いさん：201X/12/21 (fri) 14:43:01
さっきＳＫの製品をドブに捨ててきました
そしたら川の魚が浮いてきました
息子と一緒に今日は大漁だねと拾ってきました
ＳＫ、マンセー

25

（あんたはどうせ死ぬんだしね）

城之内美加子は、先ほどの柿本琴乃のセリフを思い出していた。

もちろん、本気ではないだろう。美加子を怯《おび》えさせようとして、言っているだけに決まっている。だいたい、そんなことできるはずがない。しかし——。

琴乃がこちらを見下ろしている。美加子と目が合うと、ニヤリと笑った。その笑顔に背筋がゾッとする。

だとしたら、今の状態はどう説明すればいい？

確かに明日香のことは、これまでさんざんイジめてきた。二人が仕返しをしようとする気持ちも分からなくはない。しかし、いくらなんでもこれはやり過ぎだろう。仕返しの域を超えている。それにイジめられるようになったのは、明日香自身のせいなのだ。にもかかわらず、美加子のことを逆恨みされても困る。

明日香はいちいちわざとらしくてムカつくのだ。特に男子の前だと、その傾向に拍車がかかる。やたらといい子ぶって、すぐに媚《こび》を売るような表情を見せる。

それが、女子の間では反感を買っていた。だから、明日香は女子から嫌われている。唯一の例外が琴乃だった。その証拠に、美加子たちがいくらイジめても、琴乃以外、誰も明日香をかばおうとしない。

しかし、男子からは人気がある。「純粋でカワイイ」と言われているのを、何度も耳にしたことがあった。それがまたムカつくのだ。余計にイジめたくなる。

だから、イジめられるのは、明日香のせいなのだ。それなのに、なぜあたしがこんな目にあわされなきゃならないのだ。

（森のくまさんって知ってる？）

琴乃は先ほど美加子に向かってそう訊いた。

もちろん知っている。日本中で知らない人間はいないだろう。

（あれってね、あたしたちのことなの）

美加子を怯えさせるにしてはお粗末な嘘だった。しかし、その嘘が本気に思えるほど、今の琴乃の様子は尋常ではなかった。

「さて――」と琴乃が金属バットを担ぎ直す。「そろそろ始めようかな」

始める？

琴乃が一歩、迫ってくる。美加子はあとずさった。

「ねえ――」と明日香が口を開く。「やっぱり待とうよ」

「必要ないわ」

「でも――」

「さっきも言ったでしょ。この女はあたしが始末するの」

いきなり、バットが振り下ろされた。美加子の右膝に叩きつけられる。グシャリとつぶれるような音。激痛が全身を貫いた。琴乃の笑い声が上から降ってくる。

「いいざまだわ」

なんなの、これ――。

涙が止まらなかった。逃げようとするが、手錠のせいで自由が利かない。わき腹を蹴られた。息がつまる。口を塞がれているので、鼻で必死に呼吸を繰り返した。

琴乃の笑い声が聞こえた。「まるでブタね」

思わず顔を上げた。怒りで全身が震えそうになる。

ブタはおまえだろう――心の中でそう叫んだ。

琴乃の表情が険しくなる。「なによ、その顔」

今度は右ひざを蹴られた。再び激しい痛みが襲う。美加子はうめきながら、コンクリートの上を転がった。

「明日香もやったら？」

「……え？」

「今までの恨み、晴らしちゃいなよ」

琴乃が明日香にバットを渡すのが見えた。明日香が手にしたバットをマジマジと見つめている。それから、美加子のほうを向いた。表情が残酷さを帯びる。

美加子はブルブルと首を横に振った。少しでも遠ざかろうと、必死で床の上をはって逃げる。次の瞬間、背中に衝撃を感じた。ただし、それほど強い力でない。さらにもう一度、今度は先ほどより力がこもっていた。

もう一度――かなり痛い。

もう一度――激痛が走る。

もう一度――息が詰まる。

もう一度、もう一度、もう一度、もう一度、もう一度――。

美加子は体を丸めた。喉の奥でうめき声を上げる。必死で痛みに耐えた。楽しげに笑う琴乃の声が聞こえる。それに混じって、明日香の息づかいも聞こえてきた。

どうしてあたしが――。

「何をしてる」

鋭く咎《とが》める男の声が聞こえた。

ハッと声のほうを見やる。入り口の壊れたドアの前に、誰かが立っていた。逆光で、顔や服装まではよく分からない。

カラン、カラン――。

振り向くと、明日香がバットを床に落としていた。怯えたように二、三歩あとずさる。琴乃が舌打ちするのが聞こえた。

「何をしてるんだ」

男が逆光の中から一歩踏み出した。美加子は目を見開いた。心の中で喝采を上げる。

なんて自分はツイているんだ——神に感謝したい気分だった。

男は制服姿の警察官だった。ゆっくりとこちらへ近づいてくる。琴乃と明日香を厳しい目で見据えていた。

美加子は警官のほうへと必死ではっていった。

助けて、と心の中で叫ぶ。こいつら、人殺しよ。

警官が足を止めた。美加子はその足元までたどり着くと、ホッと息をついた。これで助かった——そう思って警官を見上げた。

ギクリとした。

警官は驚くほど冷ややかな目で、美加子を見下ろしていた。美加子は金縛りにでもあったように、身動きをすることができなかった。

不意に空気を切る音が聞こえた。顎に衝撃を覚える。床に倒れて頭をぶつけた。蹴られたのだと分かったのはそのあとだった。今度はみぞおちにつま先が入る。

一発、二発、三発——。

胃から込み上げてくるものがあった。何が起こっているのか、まったく分からなかった。美加子にできることは、ただ耐えることだけだった。

なんなの、これ——。

「やめて！」と琴乃の叫ぶ声が聞こえた。「その女はあたしが殺るんだから」

「バカ言ってんじゃないよ」と警官が答える。

「これは俺の役目だ」

26

明日香は反省していた。勝手なことをするつもりはなかった。しかし、琴乃にそそのかされて、つい美加子を殴りつけてしまった。

健介の表情をうかがう。制帽の下の顔は不機嫌そうに見えた。（ごめんなさい）と心の中で謝る。琴乃を見ると、鋭い視線で健介を睨んでいた。思わずムッとする。

どう考えても、勝手なことをしたのは明日香たちだ。まずは謝って許しを請《こ》うのがスジだろう。しかし、琴乃に反省の様子はない。身のほど知らずもいいところだ。

ただ――。

倒れている美加子を見やる。先ほど美加子を殴っているとき、なんとも言えない快感を覚えたのも事実だった。一発殴るごとにこれまでの恨みが一つずつ消えていく、そんな感覚だった。

「勝手に決めないでよ」と琴乃が言った。

「勝手になんか決めてないさ」と健介が笑う。「もとからそういう話だったろう」と明日香を見る。「そうだったよね」

明日香は頷いた。健介の言うとおりだ。明日香たちの役割は、ネットで「サイテーな人間」を探すこと、それと「犯行声明」を出すことだけだ。たまに相手をおびき出す手伝いはしても、あくまで直接手を下したことはなかった。

「そんなのあんたが勝手に決めたことでしょ」

琴乃が金属バットを拾う。美加子のほうへ、ゆっくりと歩み寄っていった。

「別に、あたしがやったっていいはずだわ」

琴乃が美加子の背中を踏みつけた。美加子がうめきながら振り返る。琴乃がその後頭部を蹴飛ばした。

「やめろ！」健介が琴乃を突き飛ばす。

琴乃がバランスをくずして倒れ込んだ。

「何すんのよ！」

「それは僕の役目だ！」

琴乃はしばらく健介を見つめてから、ククッと笑いをもらした。

「……何がおかしい」

「あんた、結局、人が殺したいだけじゃないの」

健介の頬がピクリとした。琴乃がバットを杖代わりにして、立ち上がる。

「だから、あたしにやらせたくないんだわ。そうでしょ」

健介がフンと鼻を鳴らした。「バカバカしい」

「ごまかさないで」

「ごまかしてなんかいないさ」

「だったら、あたしにやらせてくれたっていいじゃない」

「遊びじゃないんだ」

「遊びだなんて思ってないわ」

「じゃあ――」健介が明日香のほうを向いた。「もう一人の森のくまさんに決めてもらうことにしよう」

琴乃を見た。不安と期待の入り混じった目で、明日香を見つめている。再び、明日香は健介のほうを向いた。

「当然、健介さんがやるべきだと思います」

健介が満面の笑みを浮かべた。琴乃を見て、「ほらね」と得意げに言う。

「明日香ぁ……」と琴乃が泣きそうな顔になる。

「だって、もともと健介さんの役割でしょ」

「でも、これは、あたしから明日香へのクリスマスプレゼントなんだよ」

「そんなプレゼントいらない」

「な……」

「そのプレゼントは――」と健介を見る。

「健介さんから受け取るから」

琴乃がよろめいた。二、三歩あとずさると、ペタンと座り込んでしまう。手にしたバットが床に当たって、高い音を立てた。

放心した琴乃を満足げに見やってから、「さて――」と健介がしゃがみ込んだ。美加子の髪を引っ張って、顔を上げさせる。口のテープを乱暴にはがした。

「うう……」と美加子が苦しげな声を出す。「たすけて……」

「そりゃムリだ」と健介が笑った。

「あ、あんた、警官、でしょ……」美加子があえぎながら続ける。「だ、だったら、こんなことして――」

健介が美加子の顔面を床に叩きつけた。一回、二回と叩きつけて、再び顔を上げさせる。瞼が切れていた。流れ出した血がポタリと落ちる。明日香は目を背けた。

「余計なこと言うんじゃないよ」健介が落ち着いた声で言う。「僕だって、おまえみたいなザコ、ホントはどうだっていいんだ」

え、と明日香は訊き返した。「どうだっていい?」

健介が明日香を見て微笑む。「言葉のアヤだよ」

どのあたりが「アヤ」なのかよく分からなかったが、明日香はとりあえず頷いた。

健介が再び美加子の顔をのぞき込む。「僕はね、これまでおまえなんかより、もっと社会的にサイテーな人間に裁きを与えてきたんだ。おまえみたいなザコがその中に加われるんだ。むしろ、光栄に思ってほしいね」

美加子は泣いていた。鼻水とヨダレで顔はグチャグチャだった。

「泣くなよ」健介があきれたように笑う。「森のくまさんに殺されるなんて光栄だろ」

「ちょっと！」

突然、入り口のほうから声が聞こえた。

ギクリとした。振り向くと、若い女が立っている。

見られた——。

明日香はあわてた。どうすればいいのか分からない。健介を見た。

健介も愕然としていた。目を見開いて、女を見つめている。口元が痙攣《けいれん》したように、ピクピクと震えていた。

女がヨロヨロとこちらへ近づいてくる。少し離れた場所で立ち止まると、しばらくジッと健介を見つめていた。健介も女を見つめ返している。

「そんな格好で何やってるのよ……」と女が震える声で言った。

「まーくん」

27

「失礼しました」目の前に座った坊主の男が頭を下げる。「若林さんの彼女さんとは知りませんでした」

男は藤間《ふじま》といった。先ほどレストランの外で、ひよりに声をかけてきた若い男だ。

「いえ、そんな……」とひよりはあわてて言う。「顔を上げてください。あたしがあやしかったのは、確かですから」

「まさか、尾行されてたとはね」健介が苦笑いする。「気づかなかったなんて、刑事として恥ずかしい話だ」

「ゴメンね」とひよりは謝った。「勝手なことして」

いや、と健介が首を振る。「謝るのは俺のほうだ。そこまでひよりにさせたのは、俺の態度が悪かったからだろう。すまないな」

レストランの中にいた。ひよりの横には健介が、テーブルを挟んだ向かいには藤間が腰を下ろしている。

藤間は、この付近で最大の勢力を誇る暴走族、「神鬼狼《しんきろう》」の元リーダーだという。そう聞くと、鋭い目つきや威圧感にも納得した。現在は、地元で左官職人の見習いをしているらしい。店内には、目つきの悪い男女が何人もたむろしていたが、全員が立ち上がって藤間に挨拶をしていた。

藤間が薄く笑う。「確かに、若林さんは最初に相談に来たときから、思いつめた表情をしてましたからね。彼女さんが心配するのも当然でしょう」

「俺が？」

ええ、と藤間が頷いた。

「だからこそ、真剣なんだということは伝わってきましたけど」

藤間が話しているのは、佐藤が襲われた事件に関することだった。

健介が言うには、佐藤の事件について、警察は初めから地元の不良グループの犯行と決めつけていたらしい。そのため、かなり強引に捜査を進めたという。無理やり身柄を拘束されて、取り調べを受けた者も少なくなかったそうだ。

「神鬼狼」を始めとした不良グループは、それに強く反発した。佐藤と親しい者もいたため、当初は警察に協力しようとする向きもあったという。しかし、一方的な警察のやり方に、断固拒否の姿勢が生まれてしまった。それどころか、捜査への妨害まで行われるようになったという。一時は、収拾がつかなくなっていたそうだ。

このままでは犯人逮捕が遠のいてしまう。担当ではなかったが、健介は居ても立ってもいられなくなって、捜査一課長に捜査に参加させてほしいと直訴した。

「交番勤務のときに、藤間くんたちと面識があったからな。なんとかしたかったんだ」

森くま事件の捜査に支障を来《きた》さないこと、個人的な時間で行うこと、他言はしないことの三つを条件に、一課長はオーケーを出した。異例の判断だという。

「それだけ、捜査が行きづまってたってことだろうな」と健介は笑った。「ただ、担当の管理官は最後まで嫌な顔をしてたけどね」

健介が佐藤の事件に関わっていることは、一課でも一部の者しか知らないという。自分の班長にも伝えていないとのことだった。

「最初は、簡単にいくだろうと思ってたんだ」と健介は苦笑いした。「でも、実際はそういうわけにはいかなかった」

「俺もすでに現役を退いてましたからね」と藤間が説明する。「若林さんの気持ちも分かりましたし、俺自身も佐藤さんには世話になりましたから、正直、お手伝いしたい気持ちはありました。でも、OBがあまり口を出すのはよくないんです」

代わりに、藤間は現役のリーダーや幹部、ほかにも実際に取り調べを受けたメンバーを紹介してくれたそうだ。あとは自分で説得してくれと健介には言ったという。

「ほぼ毎晩のように、若林さんは奴らの元に通ってくれました。最初は大変だったと思います。でも、時間をかけて一人一人説得してくれた。そうやって誠意を見せなければ、いくら被害者が佐藤さんでも、誰も警察には協力しなかったと思います」

健介が自宅に帰らずどこに行っていたのか、やっと分かった。疲れていたのも、そういう無茶がたたっていたのだろう。理由がはっきりして、ひよりはホッとした。

健介の説得が効を奏《そう》して、報復や妨害はなくなったという。新たな情報も、少しずつ集まり始めているらしい。

「何か分かったら、こうして連絡をもらうことになってるんだ」

「本当は、担当刑事に知らせるべきなんでしょうけどね」と藤間が笑った。「俺たちは、『人』を見て信用できるかどうか決めてます。だから、何かあると、若林さんに直接、来てもらってるんです」

警察の強引な捜査には反発したものの、藤間も犯人は自分たちに近い人物ではないかと考えているらしい。

理由は、防犯カメラのことだった。佐藤が地元の不良グループを気にかけていたこともあって、彼らはときおり交番にも出入りしていた。そのため、カメラの位置を知っていた者も少なくないという。藤間自身も知っていたそうだ。

カメラの位置を知っていれば、佐藤の隙を見て、死角から襲うことは充分に可能だ。ましてや、顔見知りであれば、佐藤が油断することもあっただろう。警察が当初、不良グループに捜査の焦点を絞った大きな理由もそれだった。

しかし、今のところ、該当する人物は見つかっていないという。

「さっき、藤間くんから電話で、新しい目撃者が見つかったと連絡をもらったんだ」

「目撃者？」

「その目撃者と、今からここで会うことになってる」

「じゃあ、あたし、帰ったほうがいいかな」

「いいよ。藤間くんも立ち会うわけだし。それに俺は刑事ではなく、若林健介として目撃者に会うんだ。問題はないだろう」

入口のドアが開いた。二人の少年が、店内をのぞき込んでいる。不良のたまり場に来るような少年たちには見えなかった。

藤間が少年たちに手を上げると、こちらを振り返って告げた。

「あの二人です」

28

「まーくん」

菜々美は目の前の光景が信じられなかった。

正則が少女の髪をわしづかみにしたまま、こちらを見上げている。先ほどは少女の顔を何度も床に叩きつけていた。少女は今や血だらけになっている。両手両足には手錠がはめられていた。

ほかにも二人の少女がいた。一人は小柄で、人形のような愛らしい顔をしていた。もともと大きな目をさらに見開いて、菜々美を見つめている。

もう一人は、大柄な少女だった。呆然と床に座り込んでいる。視線は菜々美に向けられているが、焦点が合っていなかった。側には、バットが転がっている。

正則が手を離した。支えが外れて、少女が床に額をぶつける。「うう……」とうめく声が聞こえた。

正則がゆっくりと腰を上げる。「菜々美、どうしてここに？」

「それはこっちのセリフだよ……」菜々美は震える声で訊いた。「どうしてまーくんはここにいるの。どうしてこんなことをしてるの。それに――」と改めて正則の格好を見つめる。

「どうして警察官の制服を着てるの？」

正則が自分を見下ろす。口元に満足げな笑みが浮かんだ。その表情を見て、背筋がゾッとする。

公園のトイレから出てきた正則を見たとき、菜々美は自分の目を疑った。正則が警察官の制服に着替えていたからだ。

「どう？」と正則が両手を広げた。

「どう？」

「似合うだろ」正則は制帽を手に取ると、感慨深げに眺めた。

「いい時代だね。ネットでこういうものが簡単に手に入れられる」

「……買ったの？」

「ああ」

「何のために？」

「もちろん――」正則が笑顔で言う。「街の治安を守るためだよ」

「……まーくんが？」

「そうだよ」

「でも、まーくん、本物の警察官じゃないじゃない」

正則は小柄な少女を見た。「まあね」と肩をすくめる。「でも、だからこそ、この格好が重要なんだ」

「それってウソじゃないの」

正則が眉をひそめる。「ウソは聞こえが悪いな」

「だって、見た人はまーくんを本物の警察官だと思うでしょ」

「僕は世の中のためにやってるんだ。この制服で街を歩くとね、みんなの背筋が伸びるんだ。そのおかげで治安がよくなる。素晴らしいと思わないかい」

「でも――」

「菜々美も知ってるだろ。僕は将来、警察官僚になるんだ。そのためのリハーサルだよ。深く考える必要はない」

「それじゃ、その子は？」菜々美は倒れている少女を指差した。「その子はどうしてそんな目にあわされてるの？　街の治安を守ってるのにおかしいじゃない」

「そりゃ仕方ないよ、菜々美」と正則が笑う。「そいつはサイテーな人間なんだから」

「……は？」

「その女はね、ここにいる明日香が自殺したくなるほど、ひどいイジメを続けてきたんだ。だから裁かれても仕方ない。自業自得なんだ」

「……まーくん、何言ってるの？」

「僕だって、ホントならこんなザコは相手にしたくなかったさ。これまでみたいに、もっと社会的にサイテーな人間を裁きたかった。でもね――」正則が二人の少女を見やる。「この二人が勝手にお膳立てしちゃったんだ。ほっとくわけにもいかないだろ。一応、世の中のためにはなるから、よしとはしたけどね」

「世の中の、ため……？」

「だって、サイテーな人間を排除するんだ。世の中のためだろ」

菜々美はめまいがしそうだった。正則が何を言っているのか、さっぱり理解できない。分かっているのは、このままにはしておけないということだ。

ポケットから、携帯電話を取り出す。

正則が目を細めた。「何するつもり？」

「もちろん救急車を呼ぶのよ」菜々美は119とボタンを押した。

いきなり正則が飛びかかってくる。携帯を奪い取られた。

「何するの」

「そんなもの呼ばれたら困るからね」正則が笑みを浮かべた。手の中で携帯をポンポンと弾ませる。「明日香」

「は、はい」と小柄な少女が返事をする。

「これ、持ってて」

戸惑いながらも、少女が携帯を受け取る。

「それと、彼女を押さえといてくれるかな」と菜々美を見た。「勝手な真似されると困るからね」

菜々美はあとずさりした。しかし、正則は素早く菜々美の背後に回り込むと、腕を取った。ひねられて、思わず声を上げる。

「ごめんね」正則が耳元でささやいた。「でも仕方ないんだ。あとでちゃんと説明してあげる。説明すれば、きっと菜々美も納得するよ」

「納得なんてするはずないでしょ」

「どうして？」

「さんざん、ウソばっかついてるくせに」

「ウソ？」

「そうよ、まーくんはウソばっかりじゃない」

「だから言ったろ、警官の制服は――」

「それだけじゃないわ」

「……それだけじゃない？」

菜々美は背後の正則を見た。

「T大生っていうのもウソなんでしょ」

――彼、実はね、T大生じゃないの。

昨日、美香が申し訳なさそうに教えてくれた。正則は同じバイト先の佐竹と合コンに行くと、いつも「T大生」を名乗っていたらしい。実際の正則は大学生ですらなく、フリーターだった。

別に、T大生であることにこだわっていたわけではない。しかし、偽《いつわ》ってまで、女の子をたぶらかそうとする考え方が嫌だった。それに大学生でさえないのなら、警察官僚になることは不可能だ。そんな嘘をつくこと自体、菜々美には理解できなかった。

「なるほど」正則の声が急に低くなった。「これで分かったよ。菜々美がどうして突然、冷たくなったのか。僕がT大生じゃないって知ったからか。高卒のフリーターとは付き合えないって思ったんだね」

「そんなんじゃ――」

さらに腕を強くねじられた。うめき声を上げる。

「菜々美にはガッカリしたよ。健介さんの妹だから、もっとよくできた子だと思ってたのに。どうやら僕の勘違いだったようだ」

ガチャリ――。

手首にひんやりとした感触があった。突き飛ばされて、床に倒れ込む。後ろ手に手錠をはめられていた。正則が冷ややかな目で見下ろしている。

「せっかくだから教えてあげるよ」正則がニヤリと口元を歪めた。

「僕が『森のくまさん』だ」

29

「つまり――」と藤間が言った。「その男がいかにも怪しげな様子で駅へ行ったのを、おまえたちは見たんだな」

ひよりは健介と一緒に、少年たちから話を聞いていた。

二人によると、佐藤が襲われた当日、銀縁メガネをかけた若い男が、あわてた様子で駅のほうへ向かうのを目撃したという。このあたりは新宿や渋谷と違って、わざわざ遊びに来る若者はいない。見覚えのない人間はめずらしかったので、覚えているとのことだった。

「いかにも怪しげだなんて言ってません」と一人の少年が反論した。先ほど野崎《のざき》と名乗っていた。中学二年生だという。メガネをかけた利発そうな少年だった。「周囲をうかがうようにしながら、駅のほうへ行くのを見たって言っただけです」

「一緒だろう。周囲をうかがってたら、いかにも怪しげだろうが」

「『怪しい』は主観的な感想です。それに、駅に行ったかどうかも見てません。駅のほうへ行くのを見ただけです」

藤間が顔をしかめる。「理屈っぽいガキだな」

「よく言われます」

「でも、僕はお兄さんが言ってるみたいに感じました」もう一人が口を開いた。西条《さいじょう》という少年だった。小柄でよく日に焼けている。「その男、いかにも怪しげに見えました。一瞬、誰かに追っかけられてるのかなって思いましたから。すごいコソコソしてたんです。どう見ても挙動不審でした」

「だ、か、ら――」野崎少年がうんざりした口調で言った。「それが主観だって言うんだよ。そんなのヒデミが感じただけだろ」

「じゃあ、ユウタはどう思ったんだよ。怪しいと思わなかったのか」

野崎少年がニヤリと笑う。「思った」

ひよりは笑ってしまった。野崎という少年は、ずいぶんと天邪鬼《あまのじゃく》な性格のようだ。

「あと、僕の主観で言えば、かなりカッコいい人でしたね」と野崎少年が続ける。

「僕の主観でもそうです。カッコいい人でした」と西條少年が同意した。

「つまり――」と健介が口を開く。「君たちの主観だと、そのメガネの若い男はかなりカッコよくて、いかにも怪しかったってことだな」

「そういうことです」と野崎少年が答えた。

「どうやら、犯人とは別人みたいですね」と藤間が言った。

「そうだな」と健介が頷く。

「どうしてです？」と野崎少年が訊いた。

「俺たちが捜してるのは、このあたりの不良グループの誰かだ」と藤間が答える。「そんな優等生な奴は最初から対象外だ」

「もしかして、防犯カメラの問題があるからですか」

「君、詳しいな」と健介が感心する。

「来る前に、ネットで調べたんです」

「こいつ、そういうのが好きなんです」と横から西條少年が言った。

「でも、それなら、単なる『顔見知り』でもいいんじゃないですか。地元の人である必要はないと思いますけど。防犯カメラのことなんて、襲われたおまわりさんから顔見知りが直接教えてもらった可能性のほうが高くないですか」

──顔見知りが直接。

聞いた瞬間、ひよりはハッとした。思い当たる人物がいたからだ。

「そんなこと訊く奴はいないよ。それにたとえ訊かれても、佐藤さんだって──」

健介が唐突に言葉を切った。愕然と目を見開いている。

「健介さん……」とひよりはおそるおそる呼びかけた。

健介がゆっくりとひよりのほうを向く。

「あたし、その人のこと、知ってるかもしれない」

「俺も、だ」と健介が答えた。

佐藤の顔見知り、銀縁メガネ、若い男——。

一緒に食事をしたときのことだ。将来、警察官になりたいと目を輝かせるその人物からの問いに、佐藤は嬉々として答えていた。その中には、確か交番の防犯カメラに関する質問もあったはずだ。

——そういうのってどこについてるんですか。

——感度はどれぐらいですか。

——死角とかあるもんなんですかね。

「でも、まさか……」と健介は戸惑っている。その人物に対して、妹の彼氏としてのイメージしかないからだろう。

しかし、ひよりはその人物がT大生だと偽っていたことを知っている。警察庁に入れるわけもないのに、警察官僚になると騙っていたことも知っていた。

「君たちに見てほしい写真があるの」

ひよりは携帯を取り出した。目当ての写真はすぐに見つかった。二か月ほど前、菜々美の自宅で頼まれて撮った写真だ。

「これ」と少年たちから見えるように携帯をテーブルに置く。

菜々美と一緒に写る九門正則の写真だった。二人とも、カメラに向かって笑顔でピースサインをしている。

「この人だ」先に答えたのは西條少年だった。「お姉さん、この人と知り合いなの？」

ひよりは言葉が出てこなかった。

「見間違いじゃないのか」と健介が念を押すように訊く。「もう一度よく見てくれ」

西條少年がムッとした。「見間違いなんかじゃありません。人の顔を覚えるのは得意なんだ」と隣を見る。「ユウタはどう思う？」

訊かれた野崎少年は、もう一度写真を確認した。そして、顔を上げた。

「僕もこの人だと思います」

30

菜々美という女を背後から押さえながら、明日香は戸惑っていた。

健介とこの菜々美が知り合いなのは間違いない。しかし、その会話の中で分からないことがあった。

（どうして警察官の制服を着てるの？）

菜々美はそう健介に訊いていた。最初は刑事である健介がなぜ制服姿なのか、疑問に感じているのだと思った。しかし――。

（いい時代だね。ネットでこういうものが簡単に手に入れられる）

どういう意味だろう。健介が「警官の制服」を「ネットで買った」ということだろうか。まさか、そんなことはあり得ない。

（でも、まーくん、本物の警察官じゃないじゃない）

（まあね）

まあね？　まあね？　まあね？

分からないことだらけだった。しかし、中でも一番疑問に思っていることがあった。なぜ、若林健介が「まーくん」なのか。

「まーくん……」とまた菜々美が言った。

背後から横顔を見て、キレイな人だなと思った。女子大生だろうか。

「どうしてこんなことするの」

健介が菜々美を見下ろす。冷ややかな表情だった。

「聞こえなかったかい。僕は森のくまさんなんだ。よい子の味方、みんなのヒーロー、森のくまさんなんだよ」

「冗談はやめて」

「冗談なんかじゃない。証拠を見せてあげよう」

「証拠？」

「そのクズを――」健介が美加子を顎で示した。「今から処刑する」

菜々美が目を見開く。「バカなこと言わないで」

「バカなことかどうかは、自分の目で確かめるんだな」

健介が腰の警棒を抜くと、強く振った。一瞬で、金属の長い棒に変わる。ゆっくり美加子のほうへ近づいていった。

「何、するつもり……？」菜々美がおびえた声で訊く。

健介がこちらを見て、クスリと笑った。警棒を振り上げると、美加子の腰に叩きつける。美加子が短い悲鳴を上げた。

「やめて！」菜々美が叫ぶ。

しかし、健介はかまわず、今度は背骨のあたりに警棒を振り下ろした。再び、美加子が動物のような声を上げる。

「そんなことしたら死んじゃうでしょ！」

健介が笑った。「そりゃそうだ。殺すつもりでやってるんだから」と再び警棒を美加子の背中に叩きつけた。

「まーくん！」

また「まーくん」と呼んだ――。

「ねえ、あなた――」菜々美が背後の明日香を見た。「まーくんを止めて。そうじゃないと、あの子が死んじゃう！」

菜々美と健介はいったいどんな関係なのだろう。もしかして「まーくん」とは、二人だけで通じる呼び名なのだろうか。

だとしたら、二人の関係は――。

カッと全身が熱くなった。目の前の女に憎しみが湧く。押さえる腕に力が入った。

「い……」と菜々美が顔を歪める。

「どうして『まーくん』なの」と耳元で訊く。

「……え？」

「どうして『まーくん』なのよ」さらに強く押さえつけた。

「痛い！　やめて！」

健介は何度も美加子の背中を殴りつけていた。そのたびに、美加子の体がビクンビクンと反応している。

「どうして『まーくん』なの」

「どうしてって……」菜々美が戸惑いの表情を浮かべる。

「『まさのり』だからでしょ」

「……まさのり？」

「彼の名前よ。九門正則でしょ」

「くもん……まさのり……？」

「……知らないの？」

健介は美加子のわき腹を蹴飛ばしていた。口元には、笑みが浮かんでいる。

不意に、スカートのポケットから振動を感じた。取り出すと、先ほど渡された菜々美の携帯だった。表示を見て愕然とする。菜々美を押さえていた手から力が抜けた。

若林健介――画面には、そう表示されていた。

明日香は混乱した。健介はいま目の前で、美加子の背中に警棒を叩きつけている。

なのに、どうして――。

気づいたときには、通話ボタンを押していた。

「菜々美か」

初めて聞く声だった。

「いまどこにいる？」

これが、「若林健介」なのだろうか。

「菜々美」と声が続けた。「いま、九門くんと一緒か」

目の前の「若林健介」は肩で息をしながら、美加子を見下ろしていた。

「だとしたら、逃げろ。九門くんは佐藤さんを襲った犯人だ」

この人はいったい何の話をしているのだろう。

「菜々美?」声が怪訝そうに訊いた。「どうして黙ってる」

気づくと、菜々美がこちらを見ていた。スーッと息を吸い込むと、次の瞬間、いきなり「助けて!」と大きな声を上げた。ギョッとして、携帯を取り落としてしまう。菜々美がその携帯に倒れ込むように顔を近づけた。

「助けて! お兄ちゃん!」と続ける。「今、使われなくなった工場にいるの。森のくまさんは九門正則よ! 助けて! 助け――」

パン、パン――

乾いた音が、工場の中に響き渡った。

31

「菜々美! 菜々――」

携帯に向かって叫んでいた健介が不意に黙り込んだ。

「どうしたの?」とひよりは勢い込んで訊いた。

「切れた」健介が再び電話をかける。「つながらない」

しばらく耳に当てて、「くそっ」と舌打ちした。

「どうして？」

健介がバンとテーブルを叩く。

「最初は誰かが出た。ただ、菜々美かどうかは分からない。でも、そのあとに菜々美の叫ぶ声が聞こえた。そして――」

健介が言葉を切った。小さくため息をついてから続ける。

「二発だ」

「二発？」

「銃声が二発、聞こえた」

ひよりは絶句した。

「そのあと、足音が聞こえて、突然、通話が切れた。たぶん、こわされたんだろう」

二人の少年が心配そうにこちらを見つめている。藤間の視線は鋭さを増していた。

健介がひよりを見る。見たことがないほど緊迫した表情だった。

「あいつはこのあたりにいるんだな」

ひよりは頷いた。「佐藤さんの病院の近くだって」

「この辺で使われなくなった工場はあるか」と健介が藤間に訊いた。

「工場ですか」

「妹がそう言ったんだ」

「駅の反対側にあります」と答えたのは野崎少年だった。

「北町の外れに、大きな廃工場があります。不良グループのたまり場になってるせいで、地元の人も近づきません」

「あそこか」と藤間が頷いた。「確かにありますね」

「ここからどれぐらいかかる？」

「自転車で三十分」野崎少年が即答する。「タクシーだと十五分」

「よし」

健介がコートを手に腰を上げた。ひよりもそれに続く。

「俺なら十分で行きます」と藤間が立ち上がった。

「恩に着る」と健介が駆け出す。

「おまえら！」藤間が健介のあとに続きながら、店内に向かって叫んだ。

「警察に通報しとけ！」

「分かりました！」と誰かが応じる。

二人のあとを追おうとすると、「お姉さん」と呼びとめられた。少年たちが真剣なまなざしでひよりを見つめている。

「お友だち、きっと無事ですよ！」

西條少年が叫んだ。隣では、野崎少年も力強く頷いている。

目頭が熱くなった。

「ありがとう」

ひよりは健介を追って、店から駆け出していった。

32

「菜々美にはガッカリだよ」

正則がこちらを見下ろしていた。制帽の下の顔は、苦々しげに歪んでいる。銃口は、真っ直ぐに菜々美へと向けられていた。

「どうしてこんなことするんだ」と執拗に携帯を踏みつけている。「こんなことして、僕が捕まったらどうするつもりだ。それこそ、社会の損失だと思わないかい」

菜々美はジッと正則を見つめていた。目が合うと、正則が眉をひそめる。

「なんだ？」

「その銃、どうしたの？」

「これか」正則が拳銃を目の前にかざす。「もらった」

「ウソよ。佐藤さんから奪ったのね」

正則が意外そうに目を見開いた。「どうして分かった?」

「電話で聞いたわ」

「なるほど、健介さんか」正則が納得したように頷く。

菜々美の後ろにいる少女がなぜかビクリとした。「健介さん……」とつぶやく。

「どうしてそんなことしたの」

「ほしかったから」

「……それが理由?」

「やっぱり、警察官としては必要だろ」

「どうして佐藤さんを?」

「三回も採用試験に落ちる奴なんてポンコツだからね。あんな奴より、僕が持ってるほうが、ずっと世の中の役に立つ」正則がニッと笑う。「菜々美もそう思うだろ」

怒りで体が震えそうになった。佐藤の妻、登紀子の疲れきった顔を思い出す。娘の友梨亜のことが頭に浮かんだ。

「……ポンコツはどっちよ」

正則が眉をピクリとさせた。「……どういう意味?」

「ポンコツはあなたじゃない」

正則が目を細めた。「僕がポンコツ？」

「だって、そうでしょ」

「それは、僕がT大生じゃないからかい？」

「T大生じゃないことなんてどうでもいい。問題なのは、T大生だってウソをついたことよ。あなたは、すべてがウソで塗り固められてる。存在自体が大ウソなのよ」

「……存在が大ウソ？」

「T大生もウソ、バイトもウソ、警官もウソ。ウソ、ウソ、ウソ、ウソ。全部ウソだらけだわ。ウソで固めた存在、それが九門正則、あなたよ」

「くもん、まさのり……」背後の少女がまたつぶやいた。

訝しげに思って、振り向く。目が合うと、少女はゴクリと喉を鳴らした。

「『くもんまさのり』って、健介さんのことですか」

「健介？」菜々美は眉をひそめた。「どうしてお兄ちゃんの名前が出てくるの」

「お兄ちゃん？」

「健介はあたしの兄よ」

「そんな！」少女が愕然とした。

菜々美は意味が分からなかった。「どういうこと？」と正則に訊く。

正則が苦笑いした。「話せば、長くなる」

菜々美はふと気づいて、呆然としている少女を見た。

「もしかして、この子たちにお兄ちゃんの名前を騙ったの？」

「騙るとは人聞きが悪いな、借りたんだよ」

「お兄ちゃんを利用したのね」

「だから、借りただけだって」

「名前までウソついてたなんて。やっぱり、あなたは大ウソつきよ」

いきなり足が飛んできた。みぞおちを蹴られて息がつまる。見上げると、冷ややかな視線が菜々美を見下ろしていた。

「菜々美、さっきから発言がずいぶんと失礼じゃないか。僕が誰だか分かってるのか。あの森のくまさんだぞ。もう少し敬意を払ったらどうだ」

「あなたに……」と菜々美は体を起こした。正則を睨みつける。

「あなたに払う敬意なんてないわ」

「これでも、そんなことが言えるかな」

銃口が再び菜々美に向けられる。しかし、怖さは感じなかった。あるのは怒りと悔しさだけだ。

いったい自分は一年間、九門正則という人物の何を見てきたのだろう。情けなくなってくる。これはある意味、罰なのかもしれない。ロクに何も考えずに生きてきた自分に与えられた罰だ。だったら、受け入れるしかない。

ただし、おびえて命乞いをするような真似はしたくなかった。それをしたら、佐藤の妻や娘に申し訳ない気がする。

「撃ちたきゃ撃てばいいわ」菜々美は正則の目を見据えた。

「……なんだと」

「でも、人を撃つんならカッコつけてないで、両手でちゃんと持ったほうがいいわよ。撃ったときの衝撃はすごいって、本物の警察官のお兄ちゃんが言ってたから」

正則の表情が険しくなった。「……僕をバカにしてるのか」

「事実を言ってるだけよ。しょせん、あなたはウソつきのフリーターよ。抵抗できない人間を殺していい気になってる、ただの殺人鬼だわ。そんなあなたに、一生懸命に努力して警察官になった佐藤さんの銃が撃てるのか心配してあげてるの」

頭を蹴られて、菜々美は床に転がった。

「このクソ女」吐き捨てるような声が降ってきた。「おまえもしょせん、そのあたりの女と同じだな。T大生だと思ってるときは、ニコニコ愛想ふりまきやがってよ。こっちがフリーターだって分かった瞬間、手のひら返したようにバカにしやがって」

菜々美は顔を上げた。正則の目は充血していた。顔は憎悪に歪んでいる。醜《みにく》いと思った。これほど醜い人間の顔は初めて見た。

「フリーターだからって、バカにするわけないでしょ」

「いいや、してるね。世の中の奴らはみんなそうだ。フリーターってだけで、バカにした目で見やがる。僕がこれだけ正義のために頑張ってるにもかかわらずだ」

「被害妄想よ」

「被害妄想なんかじゃない！」正則が拳銃を持った手を振った。

「だったら、どうして僕が警察官になれなかったんだ」

「……え？」

「これほど正義を重んじる僕が、どうして警察官になれない？　そんなの世間の奴らが僕をバカにしてるからに決まってるだろ」

「……もしかして採用試験、受けたことあるの？」

正則が視線をそらす。答えなかった。

「落ちたのね」

正則がキッと菜々美を睨みつけた。

「どう考えたっておかしいだろ。僕ほど警察にふさわしい人間はいないのに、僕ほど正義を実践できる人間はいないのに、なのに、どうして僕がなれないんだ。あんな不良上がりの図体がデカイだけの奴がなれるのに、どうして僕が――」

「それって、佐藤さんのこと？」

正則は黙っていた。

「だから、佐藤さんを襲ったの？」

やはり、正則は答えなかった。

「試験なんて、また受ければいいだけなのに」

正則がフンと鼻を鳴らす。「どうせ、何回受けたって落ちるだけだ」

「どうして？」

正則がジロリと菜々美を見た。

「おまえらが僕に貼ったレッテルのせいだよ。僕がどれほどすぐれていようが、世の中が認めようとしないからだ。すべては世の中のせいだ」

「違うわ。すべてはあなた自身のせいよ」

「黙れ！」

再び足が飛んできた。下腹部を立て続けに蹴られる。鈍い痛みが走った。吐きそうになるが、ガマンして言い返す。

「自分に都合が悪くなると、暴力を振るうのね」

「黙れ！」と一発。

「肩書きにこだわってるのはあなたじゃない」

「努力もしないくせに、自分を大きく見せようなんて滑稽だわ」

「黙れ！　黙れ！」と二発。

「黙れ！　黙れ！　黙れ！」と三発。

痛さに気が遠くなりかける。それでも、歯を食いしばった。

不意に、足が飛んでこなくなった。顔を上げる。正則は肩で息をしていた。菜々美と目が合うと、口元を歪める。笑ったつもりなのかもしれない。

「命乞いしろ」

「イヤよ」

正則の口元が、痙攣《けいれん》したようにピクピク震えた。「……イヤだと」

「命乞いなんてしない」

「殺されてもいいのか」

「あなたに命乞いするより百倍マシ」

正則の顔が険しく歪む。「命乞いしろ！」と再び足が飛んできた。つま先がわき腹に入る。痛さにとうとう声を上げてしまった。

正則が笑う。「ほら、痛いだろ。助けてくださいって言え」

菜々美は顔を上げた。正則を睨みつける。

「心の底から、あなたを軽蔑する」

正則がしゃがみ込んだ。菜々美の髪をつかむと、顔を近づけてくる。メガネの奥の目は、ゾッとするほど冷ややかだった。

「だったら、したくなるような目にあわせてやる」

ヒュッと空気を切る音が聞こえた。続いて、ゴンと鈍い音。

正則の首が不自然にかしいだ。菜々美の髪をつかんでいた手が離れる。グラリと体が揺れると、そのまま床に倒れ込んでしまった。

「あたしたちをダマしたのね」

太った少女が仁王立ちしていた。右手に金属バットを握りしめている。怒りのこもった目で、倒れた正則を睨みつけていた。

「絶対に許さないわ」

33

「絶対に許さないわ」

琴乃の声には怒りがこもっていた。足元には、「若林健介」がうつ伏せに倒れている。

明日香は呆然とその光景を眺めていた。

くもんまさのり――それが男の本当の名前だった。

しかも、嘘をついていたのは名前だけではない。警察官でさえなかった。嘘つきのフリーター――菜々美という女は「くもんまさのり」のことをそう非難していた。

ダマされた――明日香も最初はそう思った。しかし、先ほどから、違う考えが頭に浮かんでいる。「健介」が「まさのり」に変わろうが、「警察官」が「フリーター」に変わろうが、これまでやってきたことが嘘になるわけではないからだ。

悪いことをした人間には、それ相応の罰があって然《しか》るべきだ。その罰を与えることができる唯一の存在、それが「森のくまさん」だ。その事実は、「若林健介」が「くもんまさのり」になったところで変わらない。

気づくと、琴乃が明日香を見ていた。鼻の穴が大きくふくらんでいる。目が合うと、ニッと笑顔を見せた。

「こいつはあたしが裁いてあげるわ」

琴乃がチラリと「まさのり」を見やった。「うちらをダマしたバツを与えてあげる」と肩口をつま先で蹴る。「でも、もう死んじゃったかも」と明日香を見て笑った。

カッと頭に血が上った。「何するのよ!」と琴乃に体当たりする。不意打ちを食らった琴乃が、よろけて倒れ込んだ。

「まさのりさんに手を出さないで!」

琴乃が戸惑いの表情を浮かべる。「……明日香？」

「名前や職業なんて、どうだっていいのよ。大事なのは、これまでやってきたことでしょ。どうして、そんなことが分かんないの！」

琴乃が唖然《あぜん》とした。「何、言ってるの……」と震える声で言う。「この男は、あたしたちを、ダマしてたんだよ」

「あたしはダマされたなんて思ってない」

「あなた、おかしいわよ」

振り向くと、菜々美が体を起こしていた。

「何がおかしいんですか」と冷ややかに訊き返す。

「この人は人殺しよ」

「人殺しじゃありません。森のくまさんです」

「一緒でしょ」

明日香は鼻で笑った。

「違いますよ。あなた、まさのりさんの彼女だったみたいだけど、そんなことも分からないんですか。捨てられても当然ですね」

菜々美が眉をひそめた。「……何が言いたいの」

「あたしにはそれが分かるってことです」

菜々美が頬をピクリとさせた。「あなた、もしかして彼と——」

明日香は口元に笑みを浮かべた。「悔しいですか」

ゴン——大きな音に驚いて振り返った。

琴乃が金属バットを床に叩きつけていた。顔を伏せたまま緩慢な動作で腰を上げる。

「やっぱりそうだったのね……」

琴乃の顔を見て、明日香は息を飲んだ。両目から、真っ直ぐに涙がつたっていた。

琴乃の表情が険しくなる。足元の「まさのり」を一瞥《いちべつ》すると、踵《きびす》を返して、美加子が倒れているほうへ大股で歩き出した。手にしたバットを振りかぶると、勢いのまま美加子の肩口に叩きつける。獣のような叫び声が上がった。一回、二回と殴りつける。回数を重ねるごとに、美加子の声が徐々に弱々しくなっていった。代わって、琴乃の声が廃工場に響き渡る。

「こいつは！　こいつだけは——」

「やめなさい！」と菜々美が叫んだ。「そんなことしたら、その子が死んじゃうわ！」

琴乃は振り向かなかった。気でも触れたかのように、バットを振り回している。

うらやましい——明日香はそう思った。先ほど美加子を殴ったときの快感がよみがえってくると、居ても立ってもいられなくなった。

琴乃のほうへ小走りに駆けていく。琴乃は髪を振り乱しながら、バットを振り下ろしていた。真後ろまでいくと、「ねえ——」と声をかけた。

琴乃がピタリと動きを止める。こちらを振り向いた。

「あたしにもやらせて」

乾いた音が工場内に響いた。

「やめろ！」と男の声が続く。

入口に制服を着た警官の姿があった。上に向けていた拳銃を、明日香たちに向けてかまえ直す。慎重な足取りでこちらへ近づきながら、「その子から離れろ！」と大声で怒鳴る。「下がってバットを置け」

琴乃が言われたとおり、美加子から離れた。バットを床に置く。明日香もあわてて、琴乃の隣へ移動した。

どうしよう——明日香は動揺していた。

「まかして」琴乃が小声で言った。「明日香はあたしが守ってあげる」

警官が美加子の側まで来ると、屈み込んだ。「こりゃひどい……」と顔をしかめる。

その瞬間、銃口が明日香たちからそれた。

琴乃がサッと屈み込むと、バットを拾い上げた。そのまま前へと一歩、踏み出す。

気づいた警官が顔を上げた。琴乃がバットを横に振る。ゴチンと鈍い音がして、警官が白目をむいた。ゆっくりと床に倒れ込む。

琴乃が明日香を見て、ニヤリと笑った。「これで安心ね」

「よく……やった……」

振り返ると、「まさのり」が立ち上がるところだった。頭を振りながら殴られた個所を押さえている。こめかみから血が流れていた。メガネは片方のレンズが割れている。顔をしかめながら、こちらへヨロヨロと近づいてきた。

「さっきの電話でここがバレたのかもしれない。でも、琴乃のおかげで助かったよ」

「まさのり」が明日香たちの前で足を止める。口元に笑みを浮かべた。琴乃は、無表情に「まさのり」を見つめている。

「まさのり」が明日香たちの横をすり抜けて、倒れた警官のほうへと歩いていった。足を止めると、警官を見下ろす。

「女子高生にやられるなんて、あんたは警官失格だ」

「うう……」警官のうめく声が聞こえる。体を起こそうとしていた。

「まさのり」が銃を警官に向ける。

「やめて！」と菜々美が叫んだ。

パンと高い音が響いた。明日香はビクリとした。警官がバタリと伏せる。頭の下から、赤黒い血が床に広がっていった。

明日香は呆然とその光景を眺めていた。実際に人が死ぬのを目の前で見るのは初めてだった。

正則が振り返る。ニッコリ笑うと、銃口をこちらへ向けた。

乾いた音が、再び工場内に響く。

琴乃の体がグラリと揺らいだ。崩れるように右膝をつく。わき腹を押さえて、驚いたように目を見開いていた。

「さっきはよくもやってくれたな」

「まさのり」が口元を歪める。こめかみの血がツーッと顎の先まで流れていった。

「どうだい、撃たれた感想は」

琴乃が、わき腹の手を顔の前に持っていく。鮮やかな赤に染まっていた。ペタンと座り込むと、バットが床に当たって高い音を立てた。

「何よ……これ……」

「僕が撃ったんだ」と「まさのり」が得意げに言う。「うまいもんだろ。いくら近いとはいえ、二人とも的を外さなかった」

「ふざ……けんな……」

琴乃がバットを杖《つえ》代わりに立ち上がろうとした。しかし、先がすべって倒れてしまう。手から離れたバットが、コンクリートの上を転がっていった。

「まさのり」が愉快そうに笑う。

「僕に逆らうからだよ。神に逆らう奴はみんなこうなる」

「まさのり」が明日香を見る。「いいかい。僕の名前は『くもんまさのり』だ」

「くもんまさのり……」明日香は口の中でつぶやいた。

「よく覚えてくれよ。『くもんまさのり』だ。これ以外にはあり得ない」

「くもんまさのり……」もう一度つぶやいた。心にその名前を刻み込む。

明日香は振り返った。目が合うと、菜々美が一瞬おびえた表情を見せる。その表情を見て、なぜか背筋がゾクゾクした。

34

九門正則は振り返った。視線の先には、若林菜々美がいる。後ろ手に手錠をはめられ、床に座り込んでいた。いつも穏やかな顔をしていた菜々美、ニコニコと笑顔が絶えなかった菜々美、その菜々美が今は鋭い視線で正則を睨みつけている。

好きだった女を自分の手で殺す――想像して身震いした。

中学一年のときに、初めて経験した夢精を思い出す。

ここ最近、誰かを殺す直前になるといつもこうなる。そして終わったあとも、この高揚感がなかなか忘れられない。そして、一週間もすると、また恋しくなってしまう。ゆっくりと菜々美のほうへ歩み寄っていく。気づくと、下半身が痛いほど屹立《きつりつ》していた。全身がむずがゆいほどゾクゾクする。後ろからは、明日香がついてきていた。菜々美の正面で足を止める。見上げる顔が険しかった。たまらない気持ちになる。菜々美、僕は君のことが好きだったよ。君なら僕を分かってくれるかもしれないと思っていたんだ。でも、こんな結果になって残念だよ。

「人殺し」

菜々美が吐き捨てるように言った。涙をためた目で、正則を睨んでいる。

「仕方ないだろ」正則は肩をすくめた。「世の中のためだ」

「あなた、警察官になりたかったんでしょ。やってること正反対じゃない」

「正反対？　どこが？」

「警察は人々の平和を守るのが仕事でしょ。でも、あなたがやってることは、ただの人殺しだわ。人々の平和をおびやかす行為よ」

正則はヤレヤレと首を横に振った。「分かってないな、菜々美は。僕がやってることこそ、人々の平和を守ることなんだよ。菜々美、僕はね、『森のくまさん』を始めて気づいたんだ。僕がやりたかったことはこれだってね。僕がやってることは、警察じゃ絶対にできない。警察は法律に基づく組織だからね。でも、僕は違う。僕は自分の正義に基づいて行動することができる。だから、本当の意味での正義を実践することができるんだ」

「あなた、自分を神かなにかと勘違いしてるんじゃないの」

正則は笑った。「よく分かってるじゃないか。僕はね、選ばれた人間なんだよ。正義に基づいて人を裁くことが許された人間、つまり神に近い存在なんだ」

菜々美の表情におびえが走る。「……あなた、狂ってるわ」

「いいかい、菜々美。神というのはね、昔からそういう存在なんだ。世の荒廃を嘆く善の側面と、人を無慈悲に断罪する悪の側面を持っている。僕はそういう存在に近づきつつあるんだ。世の中のルールを超越した存在にね」

ああ、たまらない……。

菜々美が恐怖に満ちた目で自分を見つめている。他人が自分を畏れる様子は何よりも気持ちよかった。それが好きだった女ならなおさらだ。

正則は拳銃をかまえた。菜々美の額に狙いを定める。ニヤリと笑った。

「そういやさっき、銃が撃てるか心配してくれてたね。でも、菜々美も見たろ。僕はね、けっこうセンスがあるんだよ。片手でもきっと当たると思うな」

菜々美は目をそらさなかった。しかし、真っ青になった唇が震えている。怖いのだろう。恐怖におののく気持ちを必死で抑えているのだ。

たまらない——。

ヒュンと空気を切り裂く音が耳元で聞こえた。殺気を感じて、反射的に頭を伏せる。頭上を何かがすごい勢いで通り過ぎていった。

振り返ると、顔面蒼白の琴乃が肩で息をしながら立っていた。右手に金属バットを握りしめている。バットをかまえ直すと、再び殴りかかろうとした。

「やめて！」正則の前に明日香が両手を広げて立ちふさがった。

琴乃が目を見開く。「明日香！」

「やめてよ！」と明日香が叫ぶ。「正則さんに手を出さないで」

「明日香……」

「正則さんに手を出すんならあたしが相手よ」

「そんな……」

琴乃の体がグラリと揺らいだ。かろうじて、バットで支えて踏みとどまる。

「明日香……どうして……」

正則は声を上げて笑った。目尻に涙がにじんでくる。おかしくてどうしようもなかった。この尽くしても尽くしても報《むく》われない少女が哀れで仕方がない。

琴乃の膝がガクンと折れる。バットの支えが外れて、床に倒れ込んだ。バットは音を立てながら転がっていく。うつ伏せの琴乃が目だけで正則を見た。

「ちくしょう……」流れた涙が床にこぼれ落ちた。

ふと、おもしろい趣向を思いついた。目の前にあった明日香の髪をつかむ。え、と明日香が振り返ろうとした。その前に無理やり床に仰向けに引き倒すと、銃口を額に向けた。明日香がマジマジと目を見開く。

「ま、正則さん……？」

琴乃も驚いた顔をしていた。目が合うと、ニッと笑ってやる。

「好きな相手が先に死ぬのも悪くないだろ」

「な――」琴乃が絶句する。

「心配するな。すぐにあとを追わせてやる。こっちの世界でできなかったことでもさせてもらえ。この女な――」正則は明日香を見下ろした。

「かなりの好きモノだぞ」

突然、足元をすくわれそうになる。振り返ると、菜々美が座ったまま体当たりをしていた。こちらを睨みつけている。

「このケダモノ！」

菜々美が体ごとぶつかってこようとする。正則はやすやすとよけると、菜々美の腹をつま先で蹴った。菜々美がうめき声を上げてのたうち回る。しかし、すぐに正則を睨みつけてきた。

「あんたなんか人間じゃないわ！」

正則は笑った。

「そうさ。僕は『森のくまさん』だ」

35

中をのぞいた瞬間、ひよりは声を上げそうになった。

入り口から十メートルほど入ったところに、二人の人間が倒れている。一人は制服姿の少女だった。うつ伏せで顔は見えない。その横には警察官が倒れていた。頭の周囲に血の池が広がっている。伏せたままピクリともしなかった。

そこから、さらに十メートルほど入ったところに、四人の人物がいた。うち二人は制服姿の少女だった。一人はうつ伏せに、一人は仰向けに倒れている。その向こうには、床に座り込んだ菜々美の姿が見えた。目の前の男を見上げている。

菜々美の前に立つ男は警察官の制服を着ていた。こちらに背を向けた姿勢で、菜々美に向かって銃をかまえている。

あれが、正則なのか――。

「ひよりはここにいろ」

健介が小声でそう告げると、そっと工場の中へ入っていった。足音を立てないように、倒れている警官のほうへ近づいていく。

ひよりは息を殺して、その様子を見守っていた。

正則が菜々美に銃を突きつけている――。

その光景が信じられなかった。しかし、これが現実なのだ。正則が佐藤から奪った拳銃で、菜々美を撃とうとしている。

健介が警官の側で足を止める。正則の様子をうかがいながら、慎重に屈み込んだ。警官の腰のあたりを探っている。

そのとき、仰向けに倒れていた少女が体を起こした。健介に気づいて、あ、と手で口を押さえる。

まずい――。

正則が振り返った。健介を見て驚いたように目を見開く。「動くな！」と鋭く言った。横目で菜々美を見やる。

「動いたらこの女を撃つ」

健介がピタリと動きを止めた。

「お兄ちゃん！」菜々美が声を上げた。

「立て」正則が静かな声で命令する。

健介がゆっくりと腰を上げた。

「手を頭の上にのせろ」

健介が指示に従いながら、「もう逃げ切れないぞ」と警告する。

「逃げ切れますよ」

「すぐに応援が来る」

「その前に逃げますから」と正則が笑う。「しかし、菜々美に続いて、健介さんまで現れるなんてね。ハプニングの多い日だ」

正則が健介を見たまま、菜々美を足で蹴った。菜々美が床の上に倒れ込む。

「菜々美！」健介が声を上げた。正則を睨みつける。「妹に手を出すな」

「そんなことより、自分の心配をしたほうがいいんじゃないですか」

正則が銃口を健介に向けた。一歩、二歩と健介に近づいていく。

「こんな形になって残念ですよ。あなたのことはけっこう好きだったんですけどね」

健介が後ずさる。

「でも、仕方ありませんね。こうなった以上、運が悪かったと思ってください」

考える前に体が動いていた。ひよりは隠れていた場所から飛び出した。

「九門正則！」

叫びながら猛然と正則に向かって駆けていく。
正則がハッと振り向いた。一瞬、表情に動揺が走る。銃口がこちらを向いた。
健介が素早く屈み込むのが目の端に入る。倒れた警官の腰から拳銃を抜いていた。
そして、正則に向かってかまえる。
間《ま》に合って――。
ひよりは床に飛び込むように伏せて頭を抱えた。
パン、パン――。
工場内に乾いた銃声が二発、響き渡った。

＊＊＊

【今度こそ】森くま、ついに逮捕【本物か】
1：森くまウォッチャー：201X/12/21 (fri) 18:20:30
警察官射殺で20歳の男を逮捕　森くま事件に関与か？
本日、午後四時三十分ごろ、板橋区成増の廃工場で、警視庁高島平署所属の赤塚交番勤務、下山正弘巡査（22）が殺害されているのが発見された。直後に駆けつけた捜査員が、現場にいた男を殺人の現行犯で逮捕。男は都内に住むアルバイト、九門正則容疑者（20）。逮捕時に九門容疑者は拳銃を所持、その拳銃で下山巡査を射殺したとみられる。下山巡査は通報を受けて現場のパトロールに向かっていた。

同庁の発表によると、現場には九門容疑者と下山巡査の他にも、未成年を含む数人がいた。事件との関係は明らかにされていないが、うち一人が重体、別の一人も重傷を負っており、すぐに病院に搬送されている。重体の一人は銃で撃たれており、同庁はこの人物への発砲も九門容疑者によるものと見ている。

九門容疑者も逮捕時に捜査員から銃で撃たれ、肩に怪我を負った。ただし命に別状はない。捜査員の発砲について、同庁は問題なしとの見解を示している。

取り調べに対して九門容疑者は、自分が「森のくまさん事件」の犯人だと証言している。また九門容疑者が所持していた銃は、今年八月、同じ板橋区内で発生した警察官襲撃拳銃強奪事件の際に奪われた銃と同一と見られている。同容疑者は、この事件についても関与をほのめかす供述をしている。同庁ではこれらの点に関しても慎重に調べを進めることにしている。

前スレ：【お前らに】森くま、裁きは終わらない【捕まるか】

http://xxxxx/xxxxx/xxxxx/xxxxx/xxxxx/

2：森くまウォッチャー：201X/12/21 (fri) 18:21:35
おわた

3：森くまウォッチャー：201X/12/21 (fri) 18:21:40
これはマジだ

4：森くまウォッチャー：201X/12/21 (fri) 18:22:29
フリーターかよ、ガッカリだ

5：森くまウォッチャー：201X/12/21 (fri) 18:23:42
>>4
誰ならよかったの？

6：森くまウォッチャー：201X/12/21 (fri) 18:24:00
あの警官襲撃も森くまだったのか
すげえ奴だったんだな

36

若林健介は薄暗い廊下を歩いていた。

新しい年になってから十日が過ぎている。寒さは日に日に厳しくなる一方だ。こうして歩いているだけでも、足元から冷気が忍びあがってくる。例年以上に寒い冬だと、今朝の天気予報で言っていた。

トイレの前で、班長の長谷川が腕組みをしている。健介が側まで行くと、ジロリと睨みつけてきた。

「三分だ」

「分かりました」と一礼して、トイレのドアを開ける。

中に入ると、後輩の吉住《よしずみ》が振り返った。健介が近づいていくと、持っていた腰縄の先を差し出す。健介が受け取ると、無言でトイレから出ていった。

「なるほど。こういうことだったんですね」と愉快そうな声が聞こえた。「どうして行きたくもないトイレに連れてこられたのか、不思議だったんですよ」

九門正則が、小便用の便器に向かっていた。若干やせたように見えたが、疲れている様子はなかった。顔色はいいぐらいだ。あの日、ヒビが入っていたメガネのレンズは新しくなっている。目は以前と同様の光をたたえていた。

腰縄を持ったまま、健介はその横に並んだ。

「しかし、不便ですね」正則が手を上げる。両方の手首に手錠がはめられていた。「これでおしっこをさせるのは、ちょっとした虐待ですよ」

正則の逮捕以降、面識のあった健介は担当から外されていた。しかし、正則は明日、起訴される。その前に直接話がしたくて、長谷川に頼み込んだ。ただし、手続き上、健介が取り調べに同席するのは難しい。これは、あくまで「非公式」な面会だった。

「怪我はどうだ」

「おかげさまで」正則が肩を上下させた「でも、さすがですね、あの状況でも急所を外せるなんて。僕なんてしゃがまれただけで、当てることさえできませんでした」

あのときのことを思い出すと、ゾッとする。ひよりが飛び込んでくれなかったら、あそこにいた全員が殺されていただろう。

「佐藤さんの意識が戻ったのは知ってるか」

「聞きました。友梨亜ちゃんも話すようになったそうじゃないですか。よかったですね。気になってたんです」

佐藤の意識が戻ったのは、一月一日の早朝だった。第一声は「よく寝た」だったそうだ。あまりにも佐藤らしくて、つい笑ってしまった。笑ったあとに、健介はちょっとだけ泣いた。

「君でも他人のことを気にするのか」

「やだなあ」と正則が苦笑いする。「僕のことを冷酷非道な殺人鬼と一緒にしないでください。『森のくまさん』ですよ。よい子の味方、みんなのヒーローなんですから」

「君はただの犯罪者だ」

「僕は犯罪者じゃありません」正則が口元に笑みを浮かべる。「僕は『罪』を犯したわけではありません。『法』を犯しただけです。あえて言うなら、犯法者ですね」

「詭弁《きべん》だな」

「詭弁じゃありません。僕が殺した奴らは、いずれもサイテーな人間です。罪を犯したのは、むしろ奴らのほうです」

「勝手な言い分だ」

「だから、勝手じゃありませんって」正則は多少イライラしたように言った。「健介さんだって、そんなことは百も承知でしょう」

「俺が何を承知だって？」

「法律違反イコール犯罪じゃないってことです。それは法律の存在、意味、成り立ちを疑っていない愚か者の論理です。でも、健介さんはそうじゃない。だから——」正則がニッコリと笑った。「あなたのことはけっこう好きだったんです」

「俺は君とは違う」

「いいえ、あなたは僕に近い。それはあなた自身が一番よく分かってるはずです。世の中の矛盾には、日頃から辟易《へきえき》しているでしょう。法に抵触したかなんて単なる結果論です。本当に重要なのはそこじゃない」

（このクソガキ……）と心の中でつぶやく。

「で、今日は何しにきたんです。まさか、顔を見にきたわけじゃないですよね」

「そのとおりだ」

「そのとおり？」

「俺は君の顔を見にきたんだ」

嘘ではなかった。健介は「容疑者・九門正則」の顔を見にきていた。正則がどんな顔で、どんなことを語るのか聞いてみたかったのだ。

向こう側――。

健介は自分の中でそう呼んでいる。九門正則は明らかに「向こう側」の人間だった。健介が立っているのは、おそらく「向こう側」と「こちら側」の境界線上だ。ただ、ふとしたきっかけで、「向こう側」をのぞいてみたくなることがある。しかし、いつも思いとどまってきた。だからこそ、正則の話が聞いてみたかった。どのようなきっかけで、そのハードルを越えていったのかが知りたかったからだ。

しかし、今こうして対峙《たいじ》して、それは大きな間違いだと感じていた。正則はハードルを越えていったわけではない。

この男は最初から「向こう側」にいたのだ。

この男は「向こう側」の住人だ。しかも、そのことに優越感すら覚えている。こんな人間とまともに付き合ったら、知らないうちに「向こう側」に引きずり込まれるに違いない。二人の女子高生は、きっとこの男の毒に当てられたのだろう。

突然、正則がクスクスと笑い始めた。

「……何がおかしい」

「だって、健介さん、分かりやすすぎるから」

「分かりやすい？」

「考えてることを当ててあげましょうか」正則が健介の目をのぞき込んでくる。

「僕がうらやましいんでしょう」

頬がピクリとするのが自分でも分かった。

「バカバカしい」と鼻で笑う。「そんなわけないだろう」

「だって、顔にそう書いてあります」

「うらやましがる理由がない」

「理由ならあります」正則がニッコリと笑った。

「僕が健介さんのやりたいことをやったからです」

また右の頬がピクリとした。正則は相変わらず観察するように健介を見つめている。

殺してやりたい――不意にそんな衝動に駆られた。

改めて、正則の顔を見つめる。こうして見ると、どこにでもいる普通の若者だった。

しかし、中身はそうじゃない。

こいつはモンスターだ。この男の中にはバケモノが巣食っている。

ある日、森の中で出会ったら最後、逃げたとしても、いつまでもあとからついてくる。まるで実体のない亡霊だ――。

「そういえば、菜々美は元気ですか」

「おかげさまでな」

「それはよかった」と正則が笑顔になる。

その笑顔を見るだけで、腹立たしい気分になった。

確かに菜々美の場合、特に変わった様子はなかった。相変わらずのんびりとしていて、一見すると、元気そうに見える。しかし、事件以来、ふと愁いを帯びた表情を見せることが多くなった。気にはかかっていたが、何かできるわけでもない。

「菜々美には、ひよりと健介さんのことを相談されてたんですよね」

「で、ホントに何しに来たんですか？　何か俺に相談ですか」

「相談？」

「ひよりとはうまくやってますか」

「君に関係ないだろう」

「彼女はああ見えて意外と繊細ですから」

「大きなお世話だ」

「今回のことは、トラウマになってませんでしたか」

健介はジロリと正則を睨みつけた。

正則がクスクスと笑う。「もしかして図星でした？」

ひよりはあれ以来、不安定な状態が続いていた。以前はしばらく連絡しなくても何も言わなかったが、最近は一日メールを返さないだけで涙声の留守電が入っている。あわてて折り返すと、「ゴメンね」と泣きながら謝るのだ。そして、すぐに「不安なの」と口にする。

すべてはこの男のせいだ――。

「君は死刑になるだろうな」

「そうでしょうね」

「ずいぶんと物わかりがいいじゃないか」

「三人殺せば極刑なんて、いまどき小学生でも知ってます」正則が笑顔で言った。「でも、いいんです。あなたに殺されなかったおかげで、裁判所で自分の正当性を主張することができる。それはとてもありがたいと思っています」

「そんなもの、誰も耳を傾けんさ」

「そうでしょうか」

「ネット上で、森のくまさんブームはすでに終わっている。残念ながら、君はもうヒーローじゃない」

「いいんですよ、ヒーローじゃなくても」正則が口角を上げた。

「僕は神になるんですから」

「なに？」

「僕が死ぬことで、『森のくまさん』は神になるんです」正則は真っ直ぐに健介を見つめた。「森のくまさんはブームなどという一過性のものではありません。あれは必然性があって生まれたのです」

「バカげてる」

「健介さんが否定しても、スイッチは押されたんです」正則がニィーと笑った。

「これは、『もりのくまさん』である『くもんまさのり』としての予言です」

「くだらない」健介は吐き捨てた。「みんなが君のことなんかすぐに忘れる」

「忘れませんよ。『森のくまさん』は時代が生み出したんですから」

正則が勝ち誇った笑みを浮かべた。
やはり、あのとき撃ち殺しておけばよかった――。
健介は強くそう感じていた。

＊＊＊

【正義は】エスケイ佐々木社長、ついに辞任【勝つ】

1：名無し口は災いさん：201X/01/22 (tue) 15:21:29
エスケイ佐々木社長、辞任　クビのマネージャーは復職

本日、午後一時から都内のホテルで行われた会見で、エスケイ化粧品は佐々木恵子社長（52）が1月末をもって辞任すると発表した。後任は未定。辞任後、佐々木社長は経営から離れ、会長や顧問などへも就任しない。

エスケイ化粧品はクレンジングクリームの問題発覚以降、売上不振が続き、昨年12月の会見における佐々木社長の「うるせえな」発言で、さらにその傾向に拍車がかかっていた。これを機に佐々木色を一掃し、巻き返しを図りたいとの狙いがある。

当初、佐々木社長は取締役会の辞任要求を断固として拒否していたが、最終的には更迭に近い形で辞任に追い込まれた。エスケイ化粧品の創業者であり、美のカリスマとしてもてはやされた時代の寵児は、思わぬ形で表舞台から去ることとなった。

また同社は12月の会見で解雇と発表した野々宮かおりマネージャー（41）を、同職で復帰させることもあわせて発表した。復帰後の野々宮マネージャーは役員待遇となる。

この背景には、会見後にネット上で同マネージャーに同情的な書き込みが多く見られたこと、また同マネージャーの解雇に反発して退職する社員が相次いだことがある。同マネージャーの復帰で社会的な批判をかわし、社内の動揺を抑えたい狙いだ。ただし、佐々木社長の辞任、野々宮マネージャーの復帰のいずれも、エスケイの信用回復にどれほどの効果があるかは未知数。今後、消費者がどのような反応を見せるのかが注目される。

2：名無し口は災いさん：201X/01/22 (tue) 15:35:40
一番得したのはマネージャー

3：名無し口は災いさん：201X/01/22 (tue) 16:41:17
何してもSKはもう終わり

4：名無し口は災いさん：201X/01/22 (tue) 17:05:44
エスケイの社員です
マネージャーの復帰が一番うれしいです
またご指導、よろしくお願いします

5：名無し口は災いさん：201X/01/22 (tue) 19:30:01
>>4
マネージャーさん、自演乙

6：名無し口は災いさん：201X/01/22 (tue) 23:59:32
>>5
自演じゃねえっつってんだろ

エピローグ

病室のドアがノックされた。部屋の隅に座っていた女刑事が腰を上げる。

柿本琴乃は訝しく思った。病室といっても、ここは気軽に見舞いに来られる場所ではない。廊下にも常に刑事が二人いて、自由な出入りは許されていなかった。医師や看護師も決まった人物しか入ってこない。家族でさえ、面会は原則禁止されていた。

ドアがゆっくりと内側に開いた。相手がそっとのぞき込む。顔を見た瞬間、ドキリとした。まさかという思いと、やっとという思いが頭の中で交錯する。

「明日香……」

病室に入ってきた守山明日香は、相変わらず可憐だった。秀《ひい》でた額に憂いを帯びた瞳、薄い唇は真一文字に結ばれている。

胸が締めつけられた。体が動くなら、立ち上がって抱きしめたかった。

女刑事は廊下の刑事が頷くのを見て、病室の外へと出ていった。ドアが閉まる。部屋には、琴乃と明日香の二人きりになった。

明日香がベッドの横で足を止める。琴乃は言葉が出てこなかった。一か月ぶりに会った明日香は、少し頬がこけたように見えた。そのせいか、以前より大人っぽい印象を受ける。

「久しぶり」先に口を開いたのは明日香だった。「思ったより元気そうね」

喉がカラカラに乾いている。琴乃はゴクリと唾を飲み込んだ。「やっと体が起こせるようになったの」と言った声はかすれた。「歩くのはまだムリだけどね」

「……歩けるようになるんだ」

「うん。リハビリは大変みたいだけど」

本当は、元どおりになるかどうかは分からないと言われていた。しかし、明日香に心配はかけたくない。

「それより知ってる？」と琴乃は声をひそめた。「城之内は後遺症が残るんだって」

刑事によると、城之内美加子は先日やっと意識が戻ったという。今もベッドから起き上がることすらできずにいるらしい。たとえ起き上がれるようになっても、脊椎の損傷がひどくて、歩くことは一生無理だろうとの話だった。

その話を聞かされたとき、琴乃は申し訳ないことをしたと言って泣いて見せた。しかし、内心ではざまあみろと思っていた。美加子の場合は自業自得だ。

「うん、聞いた」と明日香がため息をもらす。「残念な話よね……」

琴乃は耳を疑った。「残念？」と訊き返す。

「そりゃそうよ。だって、死ななかったのよ」

「まあ、そうだけど……」

「だったら、残念でしょ。あたしたち、あの女を殺すつもりだったんだから」

「でも、一生、半身不随なんだよ。充分じゃない」

明日香がジロリと琴乃を睨みつける。冷たい表情に背筋が冷えた。

「あんた、バカじゃないの」

「……え？」

「森のくまさんの目的は、『サイテーな人間』をこの世から排除することよ。それに失敗したのに、充分なはずないでしょ」明日香が舌打ちした。「やっぱりそうよ。あんたたちみたいなバカと組んだのが、失敗した最大の原因だわ」

「あんたたち？」

明日香が口元をニヤリと歪めた。「もちろん、あんたと九門正則のことよ」

誰かに似ている――ふとそう思った。

「今度は絶対に失敗しないわ」

「今度？」

明日香はその質問に答えなかった。「そういえば、あたし、保護的措置になったの」

「保護的措置？」

「要は無罪みたいなもんね。イジメから逃れたくて手伝っただけだって泣いたら信じてくれた。ほとんど暴力をふるってなかったこともよかったみたい。でもさ――」と明日香がおかしそうに笑った。

「美少女の涙って得よね。琴乃だったら、ああはいかないと思うもの」

明日香から呼び捨てにされたのは初めてだった。琴乃は呆然と目の前の明日香を見つめていた。明日香が続ける。

「だけど、大人ってバカよね。十六にもなって人殺しの手伝いしてる自覚がないわけないじゃない。なのに、泣きながらダマされたって訴えたら、簡単にとおっちゃったわ。どうなるのかおびえて、損しちゃった」

明日香が琴乃を見た。楽しそうな表情を浮かべる。

「だけど、琴乃の場合、そうはいかないかもね。あたしとはルックスが違うし、城之内の怪我も大半はあんたのせいだし、あたしみたいに無罪ってわけにはいかないかも」

明日香がニィーッと口角を上げて笑った。

「お気の毒さま」

やはり、誰かに似ている――改めてそう思った。不意に、その顔が浮かんでくる。

九門正則――。

「明日香……」琴乃は思わず手を伸ばした。しかし、いきなり強く弾かれる。一瞬、何をされたのか理解できなかった。

「気安く触んじゃねえよ！」明日香が険しい顔で琴乃を睨んだ。

「……明日香？」

「はっきり言っとくけどね」明日香が琴乃に軽蔑のまなざしを向ける。「あたし、あんたみたいなヘンタイじゃないから」

「あ、あたしはヘンタイなんかじゃ……」

「ヘンタイでしょ」明日香が嫌悪感丸出しの顔で吐き捨てる。「前から言おうと思ってたんだけど、あんたに触られると吐き気がしてくるのよ。触り方がイヤらしくて、気持ち悪くなるのよね。ああ、もう、ヤダヤダ」と体を抱えながら身震いした。

「あ、あたしは――」

呼吸が苦しかった。うまく息が吸えない。

確かに、明日香が好きだった。肌に触れたいと思ったことがないと言えば嘘になる。しかし、それが可能だとは思っていなかった。そういう気持ちは押し殺してきた。側にいられるだけでよかった。一番の友人として、隣にいられるだけで満足だった。たまに笑いかけてくれれば、幸せな気分になれたのだ。

それなのに……。

琴乃は奥歯を噛みしめた。失敗したと後悔する。あの夜、やはり明日香を殺しておけばよかった。邪魔者など無視して、強引に手をつかんで、ビルから飛び降りていればよかったのだ。そうすれば、こんなことにはならなかったのに。

「まあ、いいわ」と明日香が言った。「どうせ二度と会うこともないだろうし」

「……どういうこと？」

「引っ越すことになったの」

琴乃は目を丸くした。「どこに？」

「言う必要ないでしょ」

「どうして？」

「だって――」明日香が馬鹿にしたように笑った。「二度と顔も見たくないから」

言葉が出てこなかった。

いったい、自分は何をしてきたのだろう。好きな人のためだと思って、必死に頑張ってきた。命を捨ててもいいとさえ思っていた。なのに、その相手はあっさりと目の前から立ち去ろうとしている。

――二度と顔も見たくないから。

唇を嚙みしめた。絶対に許せない。

「じゃあ、あたし、行くから」明日香は回れ右をした。ドアへと向かう。

「歩けるようになったら会いにいくね」琴乃はその背中に向かって声をかけた。

明日香が足を止める。振り返って、琴乃を睨みつけた。

「二度と顔も見たくないって言ってるでしょ」

琴乃は笑った。

「そんなこと言わないでよ。あたしたち、親友でしょ。治ったら会いにいくから」

「治るわけないわ」明日香が鼻で笑う。「さっき、お医者さんに聞いたもの」

「大丈夫。絶対に治すわ。あなたに会いにいきたいから」

「来んな、デブ」

「絶対に行く。だって——」琴乃は明日香を見据えた。

「あなたを殺したいの」

明日香が目を見開く。しかし、すぐにフンと鼻で笑った。

「やれるもんならやってみなさいよ。返り討ちにしてやる」と再び背を向けた。

「待っててね」

明日香がドアの前で足を止める。向こうを向いたまま一言、「死ね」と言って廊下へと出ていってしまった。

入れ替わりに、女刑事が病室に入ってくる。琴乃を見るなり、驚いたように駆け寄ってきた。「どうしたの?」

意味が分からず、「何がですか」と訊き返した。

女刑事が当惑した様子で、「だって——」とドアのほうを振り返る。

「友だちとケンカでもした？」

「……え？」

女刑事が琴乃の顔をのぞき込む。「あなた、泣いてるわよ」

「……泣いてる？」

琴乃は自分の頬に触れた。濡れた手を顔の前に持ってくる。しばらく呆然と眺めてから、濡れている部分をペロリとなめた。塩からい味が、口いっぱいに広がった。

＊＊＊

【今となっては】森のくまさん事件について【過去の人】

1：森くまウォッチャー：201X/02/14 (thu) 15:22:22
森くま事件の女子高生、二人目も保護的措置との判断
昨年の夏から年末にかけて、都内で発生した八件の殺人事件と一件の殺人未遂事件、通称「森のくまさん事件」で、東京家庭裁判所は１４日、同事件に関連して、殺人幇助ならびに暴行傷害などで家裁送致された少女（１６）の審判を開き、保護的措置とするのが妥当との判断を下した。

北山基司裁判長は、少女は「八件の殺人と一件の殺人未遂のいずれに関しても、ある意味、重大な役割を担ったと言える」としながらも、「自ら主導的な役割を果したとは言えず、また未成年で精神的に未熟であること、本人の人格や家庭に大きな問題が見られないことを考慮した場合、今後、更生の可能性は充分に見込める」とし、「再非行の防止がもっとも重視すべき点で、保護的措置とするのがふさわしい」と判断の理由を述べた。本件では、事件に関わったもう一人の少女も保護的措置とされている。当事件の主犯格である九門正則容疑者（２０）の初公判は、来月２５日に行われる。

２：森くまウォッチャー：201X/03/24 (sun) 22:49:31
げげ、一か月以上、誰も来てねえじゃん
おーい、明日はクマ男の初公判ですよ

３：トゥモロー：201X/03/25 (mon) 00:00:21
本日、森のくまさんは一度死にます
法廷に立つのはただの狂った殺人鬼です

４：トゥモロー：201X/03/25 (mon) 23:28:11
本日、森のくまさんは死にました

しかし、キリスト同様、森のくまさんも復活します

5：トゥモロー：201X/05/02 (thu) 01:09:43
復活が近づいています
仲間は10人になりました

6：トゥモロー：201X/06/18 (tue) 23:54:11
仲間は12人になりました

7：森くまウォッチャー：201X/06/27 (thu) 02:05:45
久しぶりに来たら基地外しか書きこんでねぇ
俺ももう来るのやめよう

8：トゥモロー：201X/07/15 (mon) 19:21:59
復活の日が決まりました
「ある夏の夜」とだけ申しあげておきます
The Bear　代表　トゥモロー
http://xxxxx/xxxxx/xxxxx/xxxxx/xxxxx/

The Bear

American Folk Song

The other day I met a bear,
Up in the woods a way up there!

He looked at me, I looked at him,
He sized up me, I sized up him.

He said to me, "Why don't you run?
I see you don't have any gun."

And so I ran away from there,
And right behind me was that bear.

Ahead of me I saw a tree,
A great big tree, oh, golly gee!

The lowest branch was ten feet up,
I had to jump and trust my luck.

And so I jumped into the air,
But I missed that branch on the way up there.

Now don't you fret and don't you frown,
I caught that branch on the way back down.

That's all there is, there ain't no more,
Until I meet that bear once more.

くまさん

アメリカ民謡

ある日、僕はくまさんに出会った。
森の中の道の途中で。

くまさんは僕を見た。僕もくまさんを見た。
くまさんは僕をジロジロ見た。僕もくまさんをジロジロ見た。

くまさんは言った。「ねえ君、逃げないの？」
「だって君、銃を持ってないじゃない」

だから、僕は走ってそこから逃げ出した。
でも、くまさんはすぐ後ろからついてきた。

目の前に一本の木があるのが見えた。
とても大きな木だった。これぞ天の恵みだ。

一番低い枝でも３メートル以上。
だけど、ジャンプするしかなかった。運を天に任せて。

だから、僕は空中にジャンプした。
でも、飛び上がるときには枝をつかみそこねてしまった。

でも、心配しないで。眉をしかめないで。
落ちてくるときには枝をつかめたんだ。

お話はこれでおしまい。これ以上は何もないよ。
僕がもう一度、あのくまさんに出会わない限りね。

9：KOTO：201X/07/31 (wed) 00:28:11

>>8

トゥモローさんへ

怪我は治ったよ

近いうちに会いにいくね

あなたの親友より

この物語はフィクションです。もし同一の名称があった場合も、実在する人物、団体等とは一切関係ありません。

刊行にあたり、第9回『このミステリーがすごい!』大賞最終候補作品、『森のくまさん――The Bear――』を改題・加筆修正したものです。

〈解説〉

冒頭を立ち読みしたら、レジに持っていくっきゃない、進化系隠し玉！

茶木則雄（書評家）

長年、新人賞の下読みをやっていると、受賞に至らなかった応募作の中にも、忘れがたい作品がある。欠点は大きいが、どこかに強烈なインパクトを持った小説だ。

たとえば、プロットはハチャメチャだけど、描写力には目を見張るものがある。文章はいまいちこなれていないが、主人公のキャラクターに何とも言えない惚《とぼ》けた味がある。リアリティや整合性に乏しいものの、この一発ギャグ的トリックは捨て置くに惜しい。そんな作品が、毎年ひとつやふたつはあるものだ。ここを最大限いかして、一から大幅に改稿すればすごく面白くなるのに、と残念に思った落選作は少なくない。

なかでも近年、とりわけ印象深いのが、この『公開処刑人 森のくまさん』である。

本書は『このミステリーがすごい！』大賞の最終候補に残った『森のくまさん―The Bear―』を全面的に改稿のうえ改題した、『このミス』大賞〝隠し玉〟作品だ。

二〇〇一年に創設された『このミステリーがすごい！』大賞は、ネットでの選考過程の公開や最終選考委員を書評家に委託するなど、これまでにない画期的な公募新人賞として注目を集めてきたが、斬新な試みのひとつに「隠し玉」という制度がある。これは、選には漏れたけど編集部が気に入った場合、推薦というかたちで出版されるというものだ。実はこれ、

第一回の最終選考会終了後に急遽《きゅうきょ》できた制度で、自分が秘かに推していた作品が受賞できなかったことを悔しがった当時の編集長が、その場で選考委員の了承を取り付けて設営した、いわば編集部特別奨励賞である。第一回の隠し玉となった上甲宣之《じょうこうのぶゆき》『そのケータイはＸＸ《エクスクロス》で』（宝島社文庫）はその後、映像化されて累計三十五万部のヒットとなった。

この隠し玉制度は、編集部が手を挙げたときだけ活用される。二冊目の隠し玉に選ばれたのは第六回の森川楓子《もりかわふうこ》『林檎と蛇のゲーム』（宝島社文庫）で、第八回は七尾与史《ななおよし》『死亡フラグが立ちました！』（宝島社文庫）と高橋由太《たかはしゆた》『もののけ本所深川事件帖　オサキ江戸へ』の二作が刊行されている。これまでつごう四作だ。隠し玉の制度は読者にもすっかり浸透したようで、『死亡フラグ』は二十三万部、『オサキ』は十二万部（シリーズ四作累計三十五万部）のヒットとなった。映像化が絡まない新人のデビュー作としては異例の数字である。隠し玉が進化したのは、実のところこの二作からだ。

それまでの隠し玉は、様々な点に改良を施しブラッシュアップがなされたものの、基本的に物語の骨格は応募作を踏襲したものだった。しかし『死亡フラグ』と『オサキ』は、著者と協議のうえ、物語を一度バラバラに解体してまったく新たに組み立て直すという、全面改稿が試みられたのだ。その結果、作品は応募時に比べると格段に進化したものとなった。進化系隠し玉の誕生、というわけである。

ただしこの進化系隠し玉には、弱点がある。プロットを練り直し、編集部と著者が互いに納得するまで何度も遣り取りを繰り返すので、時間がかかるのだ。刊行時期から推察して、編集部では大賞受賞作の直しに一ヶ月、優秀賞には二ヶ月の猶予を最低でも見ているようだが、この度刊行された隠し玉は総じて、一年近くの改稿時間をかけている。だが本書は、半年に満たない期間で完成稿に漕ぎつけたという。

ここで、ええっ、と驚かれた方はなかなかの『このミス』大賞通だ。今回、四冊同時刊行された隠し玉の残り三作、岡崎琢磨《おかざきたくま》『珈琲店タレーランの事件簿　また会えたなら、あなたの淹れた珈琲を』と矢樹純《やぎじゅん》『Sのための覚え書き　かごめ荘連続殺人事件』、篠原昌裕《しのはらまさひろ》『保健室の先生は迷探偵!?』は、昨年度の第十回応募作であり、本書だけが一昨年の第九回応募作だからだ。つまり、かかった時間はより長いはずではないのか。

当然の疑問だろう。

実はそこに、本書の特異で強烈な個性がある。第九回の選評に大森望《おおもりのぞみ》委員がこう書いている。

「（本書は）劇場型シリアルキラーもの。いかにもB級っぽいネタと文体は「隠し玉」向きかと思ったが、編集部から手は挙がらなかった」

そう、その時点で編集部は本書の出版は考えていなかったのである。ところが、時間が経つにつれ、本書の突出した魅力が忘れがたいものになった。それは何か。

一言で言えば、抜群の導入部である。冒頭、謎の殺人者が童謡「森のくまさん」を口ずさみながら被害者を惨殺していくシーンの面白さは、半端ではない、と私は選評に書いたが、残虐な行為と惚けた口調のミスマッチが、何とも言えない可笑しい味と恐怖を絶妙な配分で、醸し出しているのだ。

一次選考で本書を担当した村上貴史《むらかみたかし》委員は、講評にこう記している。「第一章（本書におけるプロローグ）のセリフと地の文の掛け合いが生み出すリズムが抜群に素晴らしい。（中略）巧みに滑り出した作品にはいくつも遭遇しているが、タイトルを含めここまでガツンときたイントロは初めてだったと言ってよかろう」

この「ガツン」が、後からじわじわ利いてきた。応募作を再読した編集部は、この魅力はやはり捨てがたい、多くの読者に味わってもらいたい――と急遽、一年遅れの隠し玉として刊行を決断した。そういう次第である。

刊行予定までのスケジュールは他の作品よりさらにタイトだったと聞く。が、著者は鋭意、改稿に励んだ。文章や視点を正し、人物造形に厚みを持たせ、贅肉を削ぎ、説得力を構築するためのエクスキューズを随所に施し、よりリーダビリティを高めるために腐心したのである。

その結果、応募段階とは見違えるような、魅力的な劇場型シリアルキラー・サスペンスが出来上がった。どうしようもない悪党、悪人を殺戮《さつりく》していく連続殺人者という設定は珍しくないが、被害者をネットの書き込みから抽出し、処刑後の犯行声明をネットに挙げる謎の処刑人が「森のくまさん」を名乗る、というそもそものアイディアが面白い。しかもこのふざけたネーミングには巧みな演出が隠されていて、ラストの切れ味に一役買うという仕掛けもなかなかのものだった。

本書では、欠点を可能なかぎり修復するとともに、元来のそうした長所により磨きをかけてある。仮に、の話だが、『森のくまさん―The Bear―』が存在せず、この『公開処刑人森のくまさん』が『このミス』大賞に応募されたとしたら、私は間違いなく、大賞候補に推したことだろう。

嘘《うそ》だと思うなら、ぜひ本書を読んでいただきたい。過去の大賞、優秀賞と比較しても、何ら遜色のない作品に仕上がっている。

まだ眉に唾つけているそこのあなた、騙《だま》されたと思って冒頭のプロローグだけでも立ち読みしてみていただきたい。

どうです。レジに持っていくっきゃない、でしょ？

二〇一二年七月

JASRAC 出 1208519 - 206

宝島社
文庫

公開処刑人 森のくまさん
(こうかいしょけいにん もりのくまさん)

2012年 8 月18日 第1刷発行
2012年12月21日 第6刷発行

著 者 堀内公太郎
発行人 蓮見清一
発行所 株式会社 宝島社
〒102-8388 東京都千代田区一番町25番地
電話：営業 03(3234)4621／編集 03(3239)0599
http://tkj.jp
振替：00170-1-170829 (株)宝島社
印刷・製本 中央精版印刷株式会社

ISBN 978-4-8002-0076-1